奇諾の旅 XV

—the Beautiful World—

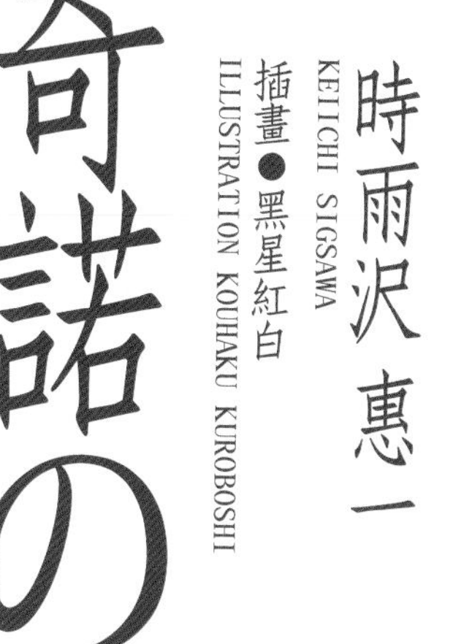

時雨沢 恵一
KEIICHI SIGSAWA
插畫●黑星紅白
ILLUSTRATION KOUHAKU KUROBOSHI

「發現之國」

—Eureka!—

這是發生在某小國
與其鄰接土地上的事情。

那兒是有著白色河流注入
形成白色湖泊的國家。
開著破舊小車造訪的
女子與男旅行者，
對那幅景色感到有些驚訝，
並詢問那國家的人這到底是怎麼回事？
那國家的人回答了。
因為這國家從地底湧出
那白色熱水的關係，
不僅無法養殖魚類，農作物也枯萎。
因此我國只能勉強從事副業，
仰賴鄰近國家進口糧食來過日子。
女旅行者在湧出地點觸碰那些水。
然後說：
「這是溫泉喲，若利用它泡澡，
應該會吸引許多觀光客前來呢。」
這國家的百姓不太相信她說的話，
於是女旅行者命令同行的男子下去浸泡。

周遭建築物的建築費，
因此現在淪落成貧窮國家
且過著勉強糊口的生活。
「不過，那樣反而比較好哦。
過去的我們太瘋狂了，
只想著不工作就能夠賺錢。」
旅行者與摩托車在湖邊悠哉欣賞風景。
結果摩托車對旅行者說
挖挖看湖底的沙子。
旅行者浸濕了腳往湖底一挖，
居然在白色沙子裡發現到些許
閃閃發亮的顆粒。
「那是砂金喲，
從河流沖過來的砂金全聚集在湖裡，
卻沒有人發現，
我認為它的量應該相當多喲。」
「…………」
「怎麼辦，奇諾？
要告訴他們這件事嗎？」
旅行者看著掌中閃閃發亮的砂金並回答。

「純白之國」
─Taste!─

那是環抱著大湖泊的國家。

而且是純白色的國家。

無論城牆、路面、房屋外牆、屋頂等等人工物品，全都是乾淨的純白色。

「這也執行得太徹底了吧～」

「今天雖然是陰天，但天氣晴朗的話應該很刺眼吧，奇諾。」

奇諾與漢密斯穿過純白之國的內部，不久在這國家中央的湖畔，發現神奇的白色高山。

那是用巨大的白色雙殼綱貝殼所創造而成的山。

高度有三十公尺以上，皮帶式輸送帶現在仍持續把貝殼往山頂上輸送。而那樣的山有十幾二十座。

四周飄散著相當腥臭的味道。

山麓那邊看得到挖土機正忙著搬運貝殼並送進機器裡。機器把貝殼粉碎，讓它們紛紛成為白色的粉

「原來如此，在湖裡就採集得到呢。」

奇諾心生佩服地說道，漢密斯則從下面問她：

「那麼，那些貝殼裡的東西到哪兒去了呢？」

貝殼裡的東西——

「來來來！旅行者！盡量吃哦！這是這國家所有人每天必吃的料理哦！」

「謝謝，那我開動了。」

結果是進了奇諾的胃裡。

在餐廳裡，奇諾面前擺了好幾道菜。而且，全都是以貝類來做的料理。

「來，這是烤鮮貝！可以享受它原本的鮮味哦！這盤是焗烤鮮貝！當做器皿的外殼不僅好看，與起司結合在一起的味道更是讚！這盤是時蔬炒鮮貝！只是簡單以鹹味調理，我個人很推薦這道料理！這盤是生鮮貝！食材如果夠新鮮，就能夠生吃哦！這盤是鮮貝麵包！最棒的技巧是在於鮮貝與麵糰充分結合在一塊！這是鮮貝甜點！甜甜的鮮貝吃起來很像水果吧？這杯是鮮貝茶！是含有鮮貝精華的茶哦！」

奇諾吃著全餐並回答詢問她感想的漢密斯。

「嗯，的確很好吃，但更重要的是——」

「更重要的是？」

「很有趣。」

隔天，看著貝類海鮮不斷從湖裡撈上來的模樣，奇諾試著詢問這國家的居民。

「你們很喜歡貝類海鮮嗎？」

結果，居民露出非常悲傷的表情回答：

男子勉為其難地全裸上場，
當那些熱水泡到他肩膀的高度——
「啊——好舒服哦。」

那兒是有著白色河流注入
形成白色湖泊的國家。
然後那周遭有櫛比鱗次的建築物，
而且擠滿了許多人，看起來好不熱鬧。
開著越野車造訪的
青年、狗與少女的旅行者，
對那幅景色感到有些驚訝，
並詢問那國家的人這到底是怎麼回事？
那國家的人回答了。
因為這國家從地底湧出
那白色熱水的關係，
現在以溫泉國家之名
吸引了周遭許多慕名而來的觀光客。
因此大家賺了不少錢，
賺到每個人都笑呵呵呢。
看著這國家的百姓激動地說，
大家變得非常非常有錢，
後來還雇用鄰近國家的百姓
並把他們當僕人使喚，
自己過著什麼事都不必做的生活！
「真是遺憾。」
青年旅行者如此說道，
且一行人泡過溫泉之後
（註：並沒有混浴），
就離開那個國家了。

那兒是有著普通河流注入
形成普通湖泊的國家。
然後那周遭有櫛比鱗次
但沒在使用的建築物，
而且人煙稀少，
簡直跟鬼城沒什麼兩樣。
騎著摩托車（註：兩輪的車子，
尤其是指不在天空飛行的交通工具）
身穿棕色大衣造訪的旅行者，
對那幅景色感到有些驚訝，
並詢問那國家的人這到底是怎麼回事？
那國家的人回答了。
說過去這國家從地底湧出
那白色熱水的關係，
以溫泉國家之名吸引了許多觀光客
之後所留下的遺跡。
不久前因地殼發生變動而枯竭，

「怎麼可能？老實說……我們已經不想再看到貝類海鮮了。」

「咦？那為什麼要拚命採收，而且大家都只吃貝類料理呢？」

漢密斯問道。

「我們只能夠那麼做。這種貝類的繁殖力極為異常，若不勤加採收，它們隨處都能夠持續繁殖。結果還產生大量死骸，導致湖水腐臭。而我們使用的水資源又全來自這座湖。」

奇諾問：

「那麼白色建築物跟道路，又是怎麼回事？」

「由於沒有地方棄置貝殼，在不得已的情況下只能充分利用。其實，大家都早已經厭惡這種只有白色的景象了。」

「我吃的貝類全餐也是？」

「由於燃燒或埋藏貝類內容物的速度趕不上它繁殖的速度，逼不得已就只好吃下肚。而且還拚命開發好吃又吃不膩的菜單……不過，其實大家都受夠了。無論料理得多美味，每天只吃這個都吃膩了。」

奇諾看了一眼漢密斯之後又詢問居民：

「這些貝類是從以前就存在於這座湖嗎？或者是某人引進來的？」

「以前就在喲，從幾百年前建國當時就存在了。至於演變成這種狀況……大約是五十年前。」

「那麼，那個時候發生了什麼事嗎？」

「呃——……在那以前有會吃許多幼貝的鳥……」

「而那些鳥消失不見了？」

「是的……」

「你們知道那原因是什麼嗎？」

「知道……因為我們把那些鳥全吃光了……之前造訪這裡的旅行者，說『那種鳥很好吃哦』……然後，試吃之後覺得並不是很美味……」

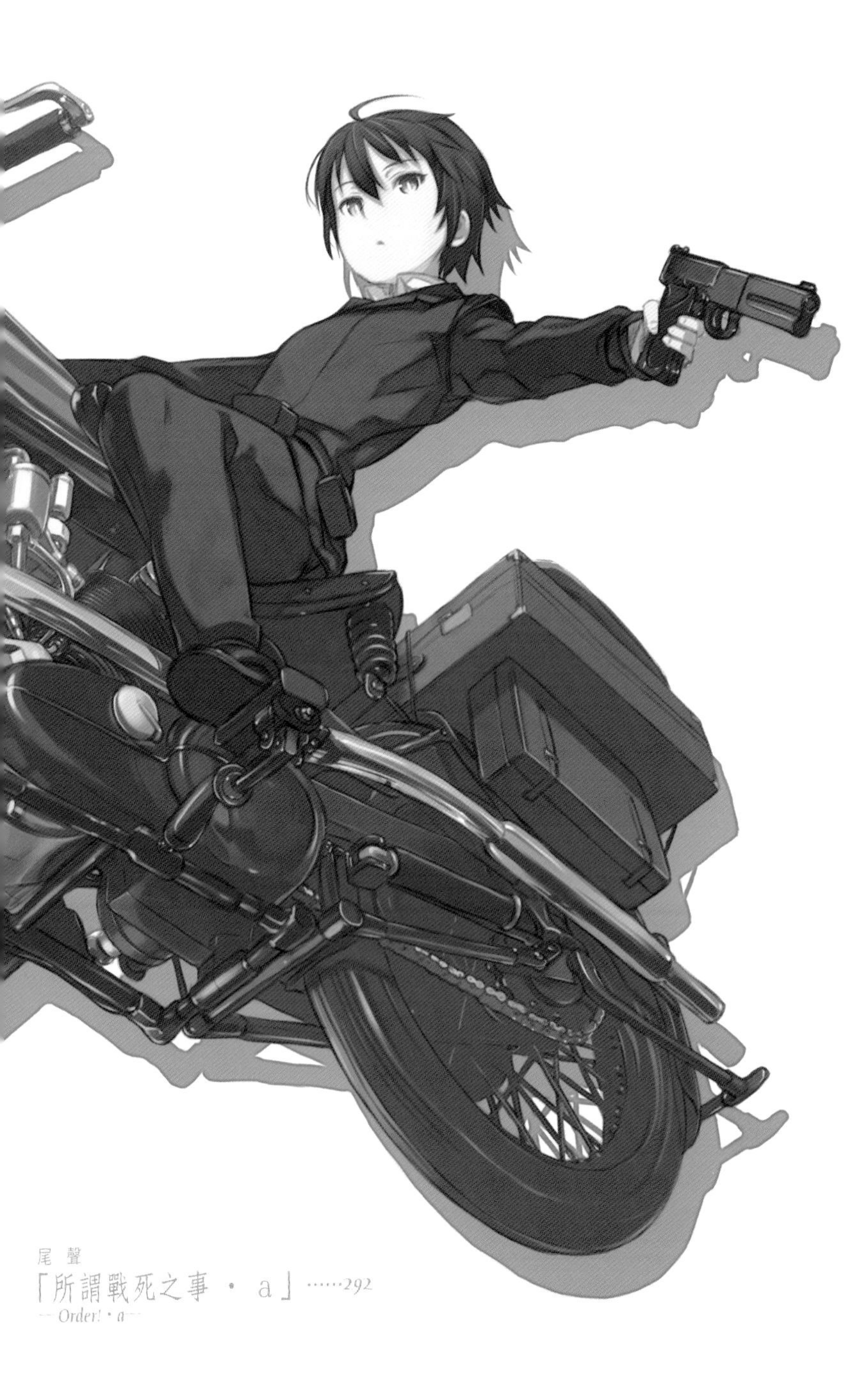

尾聲
「所謂戰死之事・ a」……292
—Order!・a—

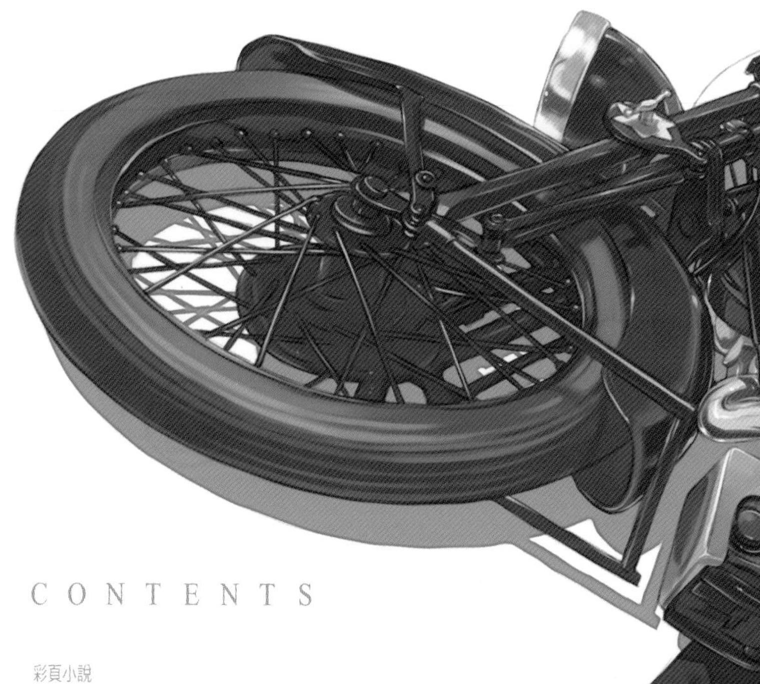

CONTENTS

彩頁小說
「發現之國」— Eureka! —
「純白之國」— Taste! —

序 幕
「所謂戰死之事・b」……16
— Order!・b —

第一話
「野獸之國」……22
— Standing Beast —

第二話
「收藏狂之國」……110
— What I Want & Why I Want —

第三話
「有過去之國」……120
— What We Have Taught. —

第四話
「芙特的生活」……142
— the Beautiful Moment —

第五話
「記者之國」……180
— How to Be a Liar —

第六話
「犯人所在之國」……194
— He Had Done It. —

任何人，都可以不做壞事。

任何人，都可以自己決定什麼是不對的。

— We're No Devils. —

奇諾の旅

the Beautiful World

序幕

「所謂戰死之事・b」

—Order!・b—

序幕「所謂戰死之事・b」

—Order!・b—

那個男人慘叫。

「呀啊啊啊啊啊啊啊啊啊啊啊啊啊啊啊啊啊啊啊啊啊啊啊啊啊啊啊啊啊啊啊啊啊啊啊啊！」

在場只有蒂一個人沒有被那有如撕裂布塊的叫聲嚇到。

至於我、西茲少爺以及在旁邊的少年們都……

「怎麼可能會那樣啊啊啊！我！我！我！」

看著男子雙腳跪在地上，兩手摀著臉，拚命抓額頭的模樣。

他的指尖抓破皮膚，血不斷滲出來。

當著呆站在男子後面的少年們——

「天哪……」

以及不知該如何是好就什麼都沒做，只是講那句話的西茲少爺——

「…………」

以及默不作聲的蒂面前——

「我啊啊啊啊啊啊！啊啊啊啊啊啊啊啊啊啊啊啊啊啊啊啊啊啊啊啊啊啊啊啊啊啊！」

男子持續慘叫。

「哇啊啊啊啊啊啊啊啊啊啊啊啊啊啊啊啊啊啊啊啊啊啊啊啊啊啊啊啊啊啊啊啊啊啊啊啊！」

後來持續好久好久的慘叫——

「啊啊！」

突然停止了。

男子「咻」地從腰際的槍套拔出說服者，並且抵在右邊的太陽穴上。

「受不了了。我、決定、要死。」

他如此說道，並卡嚓地扳開保險。

從我的位置，從西茲少爺的位置——

都來不及阻止他自殺。

看著哭得不成樣子的男子臉上的笑容，我們已經做好將被鮮血染紅的準備。幸運的是在這個位置，西茲少爺、蒂跟我應該都不會被流彈打到。

扳機被扣下。

擊鐵開始往後倒。

然後——

少年的手指阻止了那個動作。

從後面衝上來的少年把自己的臂膀以及手、手指頭伸向說服者。

真的是千鈞一髮，原本用來敲擊子彈讓它點火的力量，壓碎了少年的小指頭。他當下皮開肉綻，鮮血直流。

「咦？」

淚汪汪的男子感到意外地回頭，看著站在身邊的少年。

「抱歉。」

少年仍握著說服者，然後二話不說就把它拿起來。

「你……你做什麼……？還給我！」

對於男子的命令——

「不，我辦不到。」

少年用強而有力地嚴肅聲音回答。

「『無論遇到什麼狀況，都要奮力一戰之後再死』——這不是你教我們的嗎？」

第一話
「野獸之國」
—Standing Beast—

第一話「野獸之國」

—Standing Beast—

一輛卡車奔馳在白雪皚皚的森林裡。

天空呈現暗淡的灰色，似乎隨時會再下雪的樣子。至於太陽的位置，根本就無從辨識。

在高聳的針葉樹林裡，雪積得比人還要高。要是腳上沒穿什麼裝備就站在上面，鐵定會深陷在裡面連頭頂都看不到吧。

這個無風又被白雪消音的世界非常安靜，氣溫則是零度以下。

而不知趣的引擎聲卻像在大海前進的船隻，在那樣的地方——

一輛紅棕色的卡車正勇往直前。

為了能在雪上行走，那輛卡車做了特殊改造。原本是裝了四個輪胎的卡車，但現在並沒有輪胎，而是裝了四個叫 Crawler（無限軌道或履帶）的裝置。

順便一提所謂的 Crawler 是「爬行者」的意思，衍生自游泳姿勢也是大家熟悉的 Crawl（爬行）

這個動詞。

Crawler 呈大三角形，是幅度很寬的橡膠履帶繞著好幾個車輪的構造。

原本轉動卡車輪胎的車軸，接在位於三角形頂端的車輪。藉由轉動它的力量，帶動橡膠履帶迴轉，於是整組構造就會持續轉動。那個構造，就跟有一種人在厚紙板做成的紙圈裡前進的比賽競技是一樣的。

多虧橡膠履帶的幅度很寬，因此 Crawler 並不會完全陷進雪裡。一旦接觸地面的壓力降低就不會往下沉，這跟「雪鞋」的原理是一樣的。

卡車在雪地上前進。但如果人站在卡車在雪地輾過的痕跡，應該還是會整個陷下去吧。

坐在卡車的駕駛室，也就是左邊駕駛座的，是一名個子較矮的俊俏男子。

他穿著附有許多口袋的淡綠色兩截式禦寒衣，腳上當然是套著暖和的靴子。他頭上戴著棕色針織帽，握著方向盤的手上則戴著皮手套。

坐在右邊副駕駛座的，是穿著黑色禦寒衣的女子。她有著一頭烏溜溜的長髮，但現在盤在脖子上面，頭上則戴著用動物皮毛做的禦寒帽。

在他們的座位之間，有步槍型與散彈型共兩挺的說服者（註：指槍械），用橡皮筋固定在架子上。方便他們隨手一拿就能立刻開槍射擊。

此時男子說話了：

「這一帶的雪比之前聽說的下得還大的呢～師父。這是我有生以來，頭一次到雪下這麼大的地方哦。」

對於他那交雜著驚訝與感動的言詞，叫做師父的女子用沉穩的語氣回答他：

「我也是。只不過，雪雖然已經積這麼深，但聽說還沒下完，因為冬天才過一半而已呢。」

喃喃發出「哇塞～」叫聲的男子又繼續說：

「不過，說到如果夏天來是否就比較方便——好像也並非如此吧？」

「對，這一帶大多是泥濘地，道路會變得泥濘不堪，所以冬天走的話應該比較輕鬆。我們現在前往的，是只能在那種有限的時期進行交流的國家喲。」

「只不過師父的好奇心還真旺盛，居然為了到那種地方而特地買卡車。」

男子有些訝異地說道。

順便一提，卡車用車篷遮住的載貨台上似乎載了什麼東西，其實那是車子。
破破爛爛的黃色小車，是兩人平常旅行時用來代步的車子，但現在沉甸甸地擺在載貨台上。而兩人旅行用的行李，全都在那輛車上。
載貨台上還有堆積如山的燃料罐，而黃色小車就被燃料罐團團圍著。
「其實很久以前就聽說過那個國家，所以早就想過若有機會就要去看看。」
「這表示，在那國家有賺大錢的機會？」
男子很自然地問道，女子則反問他：
「在你眼裡，我只是個守財奴嗎？」
面對來自副駕駛座的冰冷眼神——
「呃——對，沒錯。」
男子回答了，而且很肯定。
「看來待會兒我們有必要好好談一下呢。」

「呃——……若不需要槍戰的話，倒是可以奉陪。」

「要槍戰也可以喲？」

「不必了！——倒是為什麼要連車子都載去呢？我們大可以直接開這輛卡車旅行啊？這樣還能載更多行李呢。」

男子如此說道。

關於那點，女旅行者語氣堅定地回答：

「這輛卡車只用在這次而已。因為燃料費太兇，我們兩個用太浪費了。」

「這個嘛~的確是呢。」

男子點頭答道。

卡車是多虧裝了Crawler，才能在條件這麼糟的道路行駛，但引擎也因此增加了不少迴轉量，所以就耗掉不少燃料。會有那些堆積如山的燃料罐，也是這個原因。

「所以，等我們回到一般道路的時候再把卡車賣掉，只是不知道能不能高價賣出呢。」

「原來如此，損失也可以說是代替租賃的費用吧？倒是當初買車的時候應該跟我解釋清楚嘛。」

「你又沒問。」

「師父……請問妳幾歲啊？」

「還不到一千歲。」

「真巧，我也是呢。」

載著只能講些無聊對話的兩人，卡車壓著白雪勇往直前。

「對了，那是個什麼樣的國家啊？」

男子又把話題拉回來問道。

「聽說是個廣闊又富庶的國家喲。因為有來自河川與森林的恩惠，因此百姓都過著與饑餓無緣的生活。」

「其他呢？」

「不知道。」

「居然說『不知道』……若是個危險的國家呢？全體國民……就像饑餓的野獸那樣。」

男子半開玩笑半認真地詢問。

女子也半開玩笑半認真地回答。

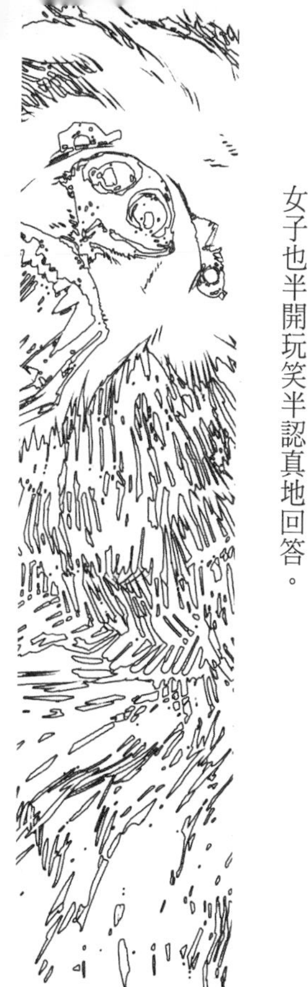

「那個時候，就奮戰到有一方倒下為止——對手若是野獸，不可能平和落幕的。」

兩人後來還是在森林裡往前進。

原則上這裡算是平坦的土地，但到處都有隆起的山丘或是凹陷的山谷，所以也大意不得。還是步步為營，小心駕駛為上。當然，速度也不能太快。

「就決定在這邊吧。」

男子停住卡車。

今天的移動就到此為止，對過著一般生活的人來說，現在才剛到午後吃點心的時間。

對於野外活動來說，趁還有陽光的時候做野營的準備是鐵一般的定律。尤其冬天的太陽又很快就下山。

男子拿著散彈說服者，穿著雪鞋在四周走來走去地偵察。那段時間，女子則是在卡車車頂拿著步槍監視。

男子一面偵察周遭，一面在樹木之間張掛細長的鐵絲。再把鐵絲的前端，與擺在卡車裡的小箱子連接。

這個機關是一旦有什麼動靜，譬如說動物或人類弄斷這鐵絲的話，就會從箱子發出警報。

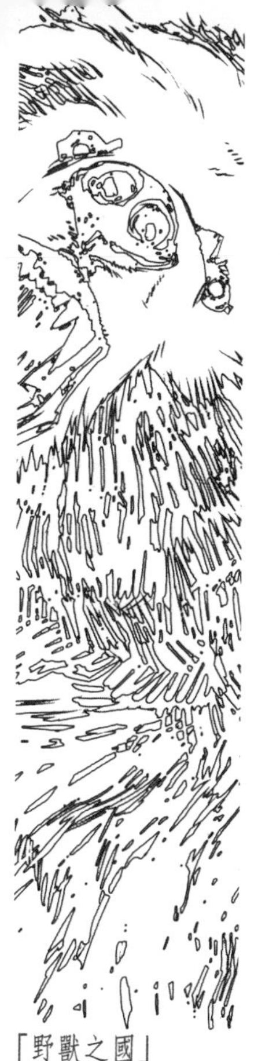

如此一來今晚睡覺的地方搞定了，再來是準備晚餐。

對四處移動的旅行者來說，或者應該說對所有生物來說，最重要的是停留的地方是否有水源。值得慶幸的是，兩人目前所在的地方，光是冰雪就有一大堆。

不過，冰雪不能直接塞進嘴裡，那不但會讓身體發寒，也會降低體力，因此盡可能不那麼做。

男子開始在卡車車頂做飯。

他先把鍋子擺在燃料爐上，把雪融解做成熱湯，接著再放入叫做肉糜餅的乾糧。

這是把蔬菜、水果或肉類炒過，再用動物脂肪定型的食物，裝進袋子裡可以保存多日。

「師父，今晚要吃什麼口味的料理？」

「說得也是，偶爾吃點辣味的怎麼樣？」

「那不然吃咖哩。」

男子從手邊的調味料拿出咖哩塊並放進鍋裡，再把冷凍過的通心粉加進如此熬煮出來的咖哩濃湯裡。這些稍微煮過，分成小包裝的通心粉，是在上一個國家大量買進的。

只要稍微熬煮一陣子，好了～晚餐ＯＫ。今晚的菜單是咖哩濃湯通心粉，及蜂蜜茶。

雖然是油膩膩的高卡洛里食物，但在冬季高山這是很需要的。而且可以攝取到鹽分與水分，糖分就從蜂蜜攝取。

兩人在這寒冷的世界裡，互相吃這冒著熱氣的熱騰騰咖哩濃湯。

女子先吃，她吃完以後男子才開始吃。難得的晚餐之所以沒有一起吃，並不是基於狗與人類那樣的主從關係——而是另一個人在可乘之機較多的用餐時間，負責在一旁監視周遭的狀況。

吃完晚餐，過沒多久太陽下山，世界也變得一片漆黑。除了睡覺，就沒有其他事情可做。

女子躺在卡車座位並把自己裹在厚厚的睡袋裡，至於男子——

「啊——下雪了哦……」

在不時有冷風從縫隙吹進來的車篷裡，一面仰望天空一面穿著禦寒衣，抱著子彈裝填完畢且上了保險的散彈說服者鑽進睡袋裡。他在旁邊排列一堆的燃料罐上鋪好墊子，然後就睡在上面。

「真想在有暖氣的飯店裡，只蓋著被單光溜溜地睡覺呢～」

男子說著在這裡絕對無法實現的願望，然後閉上眼睛。

這是發生在隔天中午的事情。

在一大早就大雪紛飛的路上，載著兩人的卡車穿過雪中森林，越過兩座坡度較小的山頭，好不容易終於抵達目標國家的城牆。

與天空同樣是灰色的城牆矗立在森林裡，頗為高聳。

「喔——相當雄偉呢。」

男子從車窗探頭往上看，並說出心中的感想。由於雪不斷打在他臉上，因此又馬上縮進車內。

這時候負責守衛城門的警官發現了卡車，於是從設在城牆中間的某道門走出來。

對方背著與他國比起來算舊款的栓式槍機步槍，或許為了在雪中較為顯眼，穿的是亮橘色的禦寒衣。肩膀之所以綑了一圈的繩索，可能是以防被埋在雪裡的時候，讓救援者把自己拉上去吧。

為了防止整個人陷進雪裡，當然也穿了比兩名旅行者的還要大的雪鞋。

警官們提高警覺地把步槍舉到身體前面，不斷四處張望，一副極度害怕什麼似的，彷彿沒把對

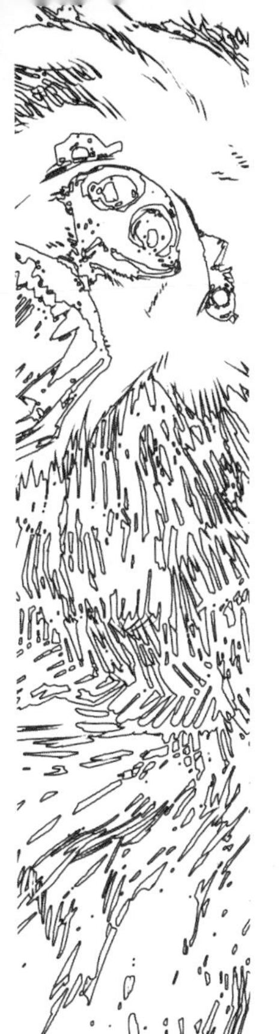

「野獸之國」

—Standing Beast—

方當旅行者看待。

女旅行者對來到卡車旁邊的警官們表明希望入境。

「哎呀呀……歡迎來到我國……」

警官們先回以歡迎的言詞。不過，他們的態度與語氣含含糊糊的，看得出他們心境有些複雜。

「貴國是不是發生了什麼問題？」

男子如此問道，但警官們卻避之不談。

「總之我們允許你們入境，可以請你們到國內再問嗎？請兩位馬上入境，到了國家中央，人們應該就會聚集了。那麼我們告辭了——」

警官們交待完那些話，馬上像逃難似地迅速回到城牆裡面。

男子不解地歪著頭說：

「怎麼會這樣？是因為太冷的關係嗎？」

城門就設在城牆，走到前面就打開了，但因為雪積了一半以上，要整個打開需要一些時間。

城門打開以後，有些積雪崩落下來，接著卡車就順著坡道往下走。

當卡車一通過，城門就馬上關起來。穿過像隧道那麼厚的城門，卡車終於進入這國家。

然後兩名旅行者看到的，是國內的景象。

因為下雪的關係無法看得很遠，但看得出來國內一片平坦。應該是當做農耕地使用的關係，只看見稀疏的樹木。但雪真的積得很厚，因此只有道路有做過除雪作業而變成凍結的路面。靠體格健壯的馬匹拖拉的除雪車，慢慢地四處走動。

接著卡車上了道路。

Crawler 因為呈三角形的關係，因此有它的高度，卡車的車高必然就一整個拉高。因此行駛在凍結路面的卡車顯得非常龐大，宛如四腳動物似的。

當卡車行駛在左右兩側立有雪牆的道路，可以看到一棟又一棟的透天厝。那些全都是用原木組合搭建的原木屋。

為了應付豪雪，每戶人家的一樓都只有粗大的樑柱，下方似乎就當倉庫使用。看得到裡面堆滿了柴火。

若要進入屋內，必須先從原木做成的樓梯上去。

而尖尖的屋頂是刻意設計讓積雪可以滑落。實際上每戶人家的左右兩邊，都積了相當厚的雪。在廣闊的土地上，每棟房子都隔了相當寬的距離，乍看之下還以為是哪裡的別墅聖地。

卡車悠哉地在國內奔馳。

由於是裝了 Crawler 的奇怪卡車，因此也很引人注目。

在道路兩旁的家家戶戶紛紛打開窗戶，裡面的國民還用一副不可思議的眼神俯瞰他們。

男旅行者時而親切地對他們揮手致意。

他們往國家的中心點前進，那兒有一座大型廣場。

看來似乎是公園，而那裡不僅積著厚厚的雪，也聚集了許多馬車與人們。

他們是穿著款式相似的羊毛氈大衣的居民們。不分男女老幼約有上百人，除此之外還有穿著相同黑色制服並佩帶說服者，看起來像是警官的男性團體。

「這是怎麼回事？是在歡迎我們——應該不是吧？」

男旅行者說道。往遠處看，怎麼樣都沒有那種氣氛，往近處看，更能察覺到氣氛的不同。

因為警官與居民全都露出悶悶不樂的表情。

「彷彿警官隊接下來將抱著必死的決心，衝進犯罪者的大本營呢。還是說要迎戰我們？沒關係，放馬過來吧。」

男子俏皮地說道。

他把卡車停在廣場入口，與女子一起下車。

「大家好！我們是旅行者！我們得到入境許可之後就來到這裡！」

「大家好。」

當兩人打完招呼，站在旁邊的人們紛紛——

「想不到你們居然有辦法，來到這麼不方便抵達的國家呢。」

或是——

「是睽違五年的訪客耶，歡迎光臨。」

或是——

「一定很辛苦吧？請慢慢參觀吧。」

對他們噓寒問暖的。

「野獸之國」
—Standing Beast—

甚至有人主動說「如果還沒找到飯店，可以幫你們介紹哦」。看來他們很受百姓歡迎，應該不會發生戰鬥吧。

另一方面在公園的中央，儘管下著大雪，警官隊仍繼續跟人們討論事情。對於許久不見的旅行者，則是一副無所謂的樣子。

「很冒昧問各位一件事情——」

女旅行者對居民說道。

「你們與警官隊，為什麼會聚集在這裡？」

居民中某個五十多歲的男子回答她：

「啊啊……兩位來得真不是時候呢。」

「你說的『不是時候』指的是？」

「我國正面臨一場即將在史上留名的災厄哦。」

男女旅行者站在大雪紛飛中不厭其煩地聽居民說明。

「咦？你說災厄？——方便的話我們願聞其詳。」

「其實現在，這國家周邊有棕熊出沒。」

聽到居民這麼說——

「什麼？『棕熊』是嗎？」

男子訝異地反問。

「…………」

女子則微微皺眉，由於她表情變化很細微，所以沒有人看到。

居民問：

「喔～太好了，兩位知道什麼是棕熊呢。」

「這個嘛，算是知道──那個……說起來，就是格外龐大的熊嘛。」

「沒錯。」

女子詢問：

「棕熊是在這附近出沒嗎？」

居民激動地搖頭說：

「不是的！打從我出生都沒有聽說過那種事情哦！聽說是大約三十天前，開始進入冬天的時候，

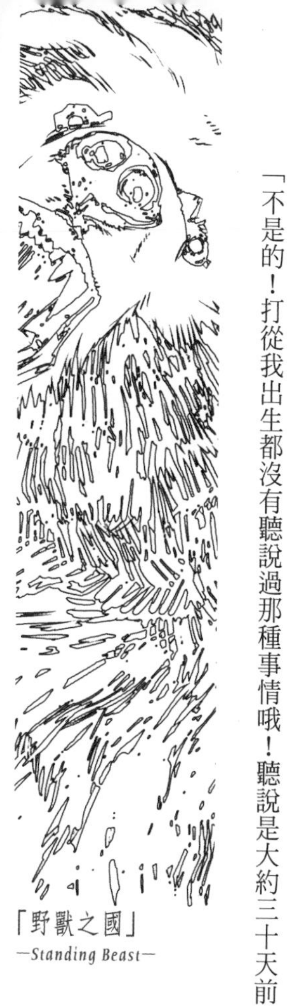

突然在國境外的森林出沒呢。」

「有什麼損害嗎？」

對於女子簡短的問題，居民露出愁眉苦臉的樣子。光是那樣，就能夠推斷情況相當嚴重呢。

「已經有十四個人遭到攻擊……九個人死亡，其中三人下落不明……但恐怕都不在人世間了。五個人全都受傷，其中三人是重傷，嚴重到永遠無法再下床的程度。」

「真是悽慘哪。」

男子說道。

「在我國只要一到冬天，就必須到森林砍柴。這只能在大雪堆積的冬天才能做的事情，因此一次砍伐一年份的木柴。而國內為了確保牧草地，就沒有種植樹木。若少了境外的木材，別說無法建造房屋，也無法得到用來取暖或煮飯的柴火。目前雖然還有儲備的份量，但再這樣下去將無法度過這個冬天。」

「嗯嗯嗯。」

「除此之外，有許多必須趁冬季期間在境外進行的作業，像是利用陷阱活捉野鹿，然後在國內飼養，或者利用樹汁製藥等等。這國家是大家不分冬夏拚命工作所建立的，但那一切卻因為棕熊的出現而無法進行。再這樣下去，這國家會毀滅的！」

說明結束以後，其他居民用佩服的語氣說：

「反倒是旅行者你們，居然都平安無事呢……就算在卡車裡也不一定安全吧？那傢伙可是連搭乘大型雪橇的人，都毫不留情地攻擊呢。」

「喔～好可怕。」

那麼說的男子有些顫抖。

「你們是否知道棕熊為什麼會突然出沒？」

女旅行者問道，方才說明的那位五十幾歲居民回答她的問題。

「不，我們完全沒頭緒。總之這個地方原本沒有棕熊。而我們也是根據以前從商人那兒得來的動物辭典，才知道那個叫棕熊。」

「是嗎？數量與大小呢？」

「目前只有一頭。皮毛是黑色的，但只有脖子的部分是發亮的白色或灰色。大小的話，有目擊者說『牠站起來約四公尺高，體型很龐大，簡直像一座活動高山』……由於牠過於龐大，很沒有真實感。有人說實際上牠應該沒那麼大，只是因為恐懼而看起來很龐大。」

聽完居民的話，女子淡淡地說：

「棕熊就算那麼龐大也不足為奇，畢竟還附帶了『營養豐富』的條件。」

男旅行者則說：

「那種事我也有聽說，營養攝取會因為個體而有顯著的差異。但既然那麼龐大，不僅能幹掉巨牛，牠前腳一揮都可能讓人類的腦袋飛得遠遠的。」

他們輕易說出的那些話，讓居民們更加愁眉苦臉了。

但是——

「對了！你們似乎很了解棕熊！至少比我們懂很多！而且看起來很強的樣子！——怎麼樣，願不願意幫我們一個忙呢？」

馬上就有某個居民如此提議。

「沒錯沒錯！」「好主意！」「那點子不錯！」「現在還來得及！」「拜託你們了！」

贊同的聲音整個沸騰起來，然後——

「現在警官隊在那邊排排站，是在舉行驅逐艦作戰的團結儀式！」

「這國家附近並沒有大型動物出沒，因此幾乎沒有什麼獵人。雖然有幾個人曾拿著步槍進森林，

但是全軍覆沒。有一個人反而遭到襲擊而身受重傷。」

「因此，我們委託在境外戒備的警察部隊負責驅除。」

「但應該說是警察的部隊長主動要求的，他自己說『包在我們身上！』。」

「不過，他們真的行嗎？全體國民實在很不安耶。」

「如果有你們的加入，力量會非常強大的！」

「我們當然不會讓你們做白工！會盡最大的能力答謝你們的！」

「最起碼，暫且先打個商量好嗎？」

被那些請求團團圍住的兩名旅行者，無意不顧情面地拒絕。

「那麼，就聽你們的去商量吧，請幫我們介紹一下。」

女子如此說道，居民們的情緒又更加沸騰。

順便一提，男旅行者不曉得是無意反對？或者知道就算反對也沒用？他什麼話都沒說。

警官隊在廣場中心整齊排隊，他們分別是從二十多歲到三十多歲的健壯男性，人數有三十人。

為了在雪上行動，他們穿戴黑色禦寒制服、長靴、手套與雪鞋等等裝備。

然後佩帶的說服者是短型的，能夠在一秒之內連續發射出十發掌中說服者用的子彈，長方形的彈匣從左邊橫凸出來。

「放心！我們接受的訓練就是用來處理那種危機的！」

站在警官隊前面，抬頭挺胸對居民們說明的，是一名四十幾歲的警官。

看來這名男子就是警察的部隊長。他留著濃密的鬍鬚，身體經過鍛鍊，是相當健壯的男性。

他一身筆挺的警察制服，腰際的槍套插著大型自動式掌中說服者。這挺說服者歷史悠久，是相當珍貴的規格。

「過去的獵人之所以失敗，是他們單獨行動的關係。明天早上我們三十一名人員將一起上山展開狩獵行動。我們一定要團體行動，只要排一行以等間隔的方式堵牠，不可能讓那傢伙……讓那個惡魔跑掉的！」

在場聆聽的居民們，都對他那自信滿滿的語氣寄予期待。警官們也露出笑容，覺得只要有這些武裝與人員，要擺平一頭野獸是很輕而易舉的事情。

這個時候——

「部隊長，抱歉打斷您的話。我有重要的話要說——」

女旅行者與男旅行者被帶到人群裡並加以介紹，說他們是剛入境的旅行者。

「哎呀呀，歡迎來到我國！真是稀客啊！」

部隊長首先歡迎他們入境。

「兩位旅行者似乎比我們更了解棕熊，還說要協助我們。怎麼樣，可否讓他們跟部隊一起上山狩獵呢？」

聽到居民那麼說，部隊長面有難色地表示：

「那個嘛——我深切了解各位的心情，但還是不要得好。」

「咦，為什麼？」

居民問道，部隊長則態度冷靜地回答：

「首先，我們是能夠統一行動的部隊，指揮系統也完備。加上平常都在境外訓練，對附近的地形也熟悉，武器也優秀。有過獵人們使用的每擊出一發，就必須手動裝填子彈的步槍無法應付的經

歷，我們準備了能夠連續射擊的說服者。即使對象是非常可怕的野獸，只要持續開槍射擊就能夠撂倒牠。」

「這、這個嘛，的確也沒錯……」

「然後，這是最重要的原因——雖說是非常時期，身為警官的我無法容許訪客置身在危險之中。這一次，就先婉拒他們的好意了。」

部隊長斬釘截鐵地如此說道。

「原來如此……理由我們非常明白了。」

居民也無法再央求他，尤其是那句「無法容許訪客置身在危險之中」似乎很有效。

女旅行者也表示：

「那麼，我們就遵照那個判斷。」

男旅行者也說：

「我也持同樣的想法。」

於是部隊長挺起胸膛說：

「別擔心！請兩位旅行者儘管安心待在溫暖的旅館裡，明天晚上再請你們來參觀巨大野獸的屍體吧！」

「呀呵！是床鋪耶！」

男旅行者在床墊上彈跳。

他們被帶來的這家飯店，是一棟大型原木屋。牆壁全都是圓形原木構成，位於房間角落的暖爐正燒著柴火，使得房間裡面暖烘烘的。

窗外是一片灰濛濛的景象，看得見外面還在下雪。

「這時若再有個美女相伴，就更棒不過了。我會邀她吃飯哦？」

只穿汗衫的男子以大字形躺在床墊上並那麼說，這時候女旅行者敲門進來了。她也穿得很少，但當然不是內衣，而是黑色長褲加看起來很高雅的夾克。

「哎呀美女！不對，師父──要吃晚餐了嗎？」

「還沒呢，倒是有件事要交待你。」

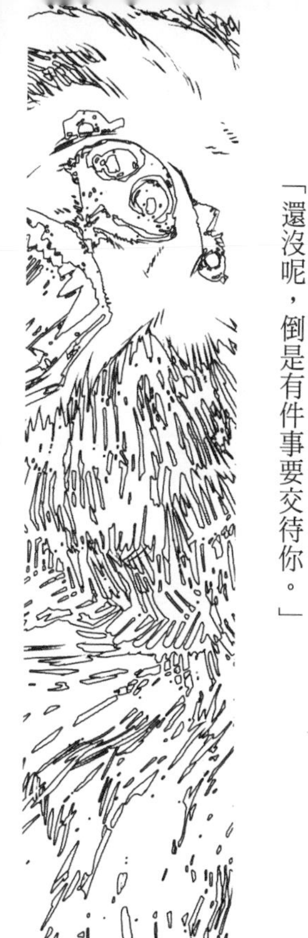

「野獸之國」
—Standing Beast—

「喔，交待什麼？」

「你的大口徑步槍就放在車子的後車箱吧？就是威力太大而平常沒在用的那一挺。」

「是啊。」

「把它從袋子裡拿出來，明天天亮前完成保養。彈藥跟軟尖彈、金屬彈都盡量多準備一些。」

男子對女子這些話感到不解，更不知道保養武器的理由。

而且還吩咐準備對生體有破壞力的步槍用軟尖彈與金屬彈（利用散彈說服者擊出，是只要射擊一次且具有巨大威力的子彈），看來情況並不簡單。

「妳打算竊取這個國家嗎，師父？」

也難怪男子會這麼問。

「如果我說是呢？」

女子反問他，男子想了三秒之後回答：

「妳想趁月黑風高的時候，偷偷以長距離狙擊把警官隊全殺掉，然後把國家領導人——這我剛才知道的，這國家好像是用直接投票的方式選出國長的，他相當受人民尊敬——抓那傢伙當人質，威脅國民好掌握實權對吧？如果靠我們兩個的力量，大概花半個月就能達到目的哦？」

對於正經八百回答的男子——

「這個嘛～條件算是不錯，但我暫時不會做那種事情。」

女子很乾脆地回答。

「畢竟，就算拿下這種冰天雪地的國家也沒啥用處。等妳找到理由或許會那麼做，到時候再跟我說哦。」

男子也很乾脆地說道，基本上這兩個人都很危險。

「希望是沒用到它的必要，這是以防萬一用的。」

女子如此說道並轉身。

「雖然不知道理由是什麼，總之先準備就是了。」

男子也乖乖遵從她的指示。

這是發生在隔天中午時的事情。

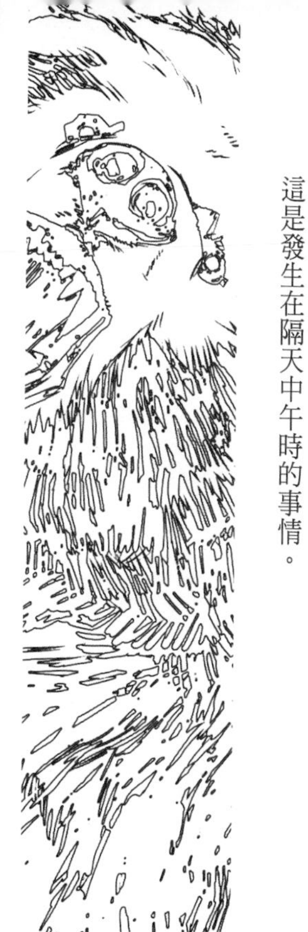

「野獸之國」

—Standing Beast—

天氣陰天，氣溫跟前一天差不多。

女旅行者與男子在熱鬧的餐廳吃午餐。有人介紹這國家最棒的餐廳，因此他們就來了。

兩人點的菜單，是使用這國家飼養的豬隻所料理的燒肉。

在以原木砍成一半做成的桌子中央，有個放了火紅木炭的壺罐，再讓客人自行把生肉擺在上面的鐵網燒烤。許多鮮紅色的生肉擺在桌上。

「這太好吃了，師父！這是什麼肉啊？怎麼味道跟我所知的豬肉不一樣！」

「你說得沒錯，真的很好吃呢。肉質柔軟又帶有甜味。」

「就是說啊！反正已經進入寒冬時期，要不要買兩三頭豬備用？那點數量的話，載貨台應該擺得下，還有培根肉。」

「再考慮看看。」

兩人無法抗拒旅行的精髓——「品嚐只有在那塊土地才有的美味」這種行為。

「不好了！警官隊遭到攻擊了！」

這時候有個年輕男子，臉色大變地邊喊邊衝進來。

餐廳裡的客人剎那間開始鼓譟起來。每個人都知道警官隊一大早就到境外的山上狩獵的事，甚至有人覺得差不多該傳來那頭棕熊被幹掉的消息了。

「現、現在那些好不容易逃出來的人們，在西側城門接受治療！十、十個人被殺死！逃過一劫的也都鮮血淋漓！帶回來的遺體都慘不忍睹！根本就是血肉模糊！」

興奮地報告自己所見景象的年輕男子，害餐廳裡的客人聞言全都臉色慘白。

然後再看看眼前鮮紅的生肉以後都停止進食，而紛紛轉往廁所衝去。

在那種情況下——

「哎呀呀～要殺棕熊不成，反而被殺啊——啊，師父那塊肉熟了，妳先請。」

男旅行者邊烤肉邊說道。

「那不意外——我就不客氣了。」

女子一面用木叉把那塊肉插起來，一面說道。

坐在對面的男子冷笑地說：

「就知道會有那種結果哦。」

「你所謂的『那種結果』是？」

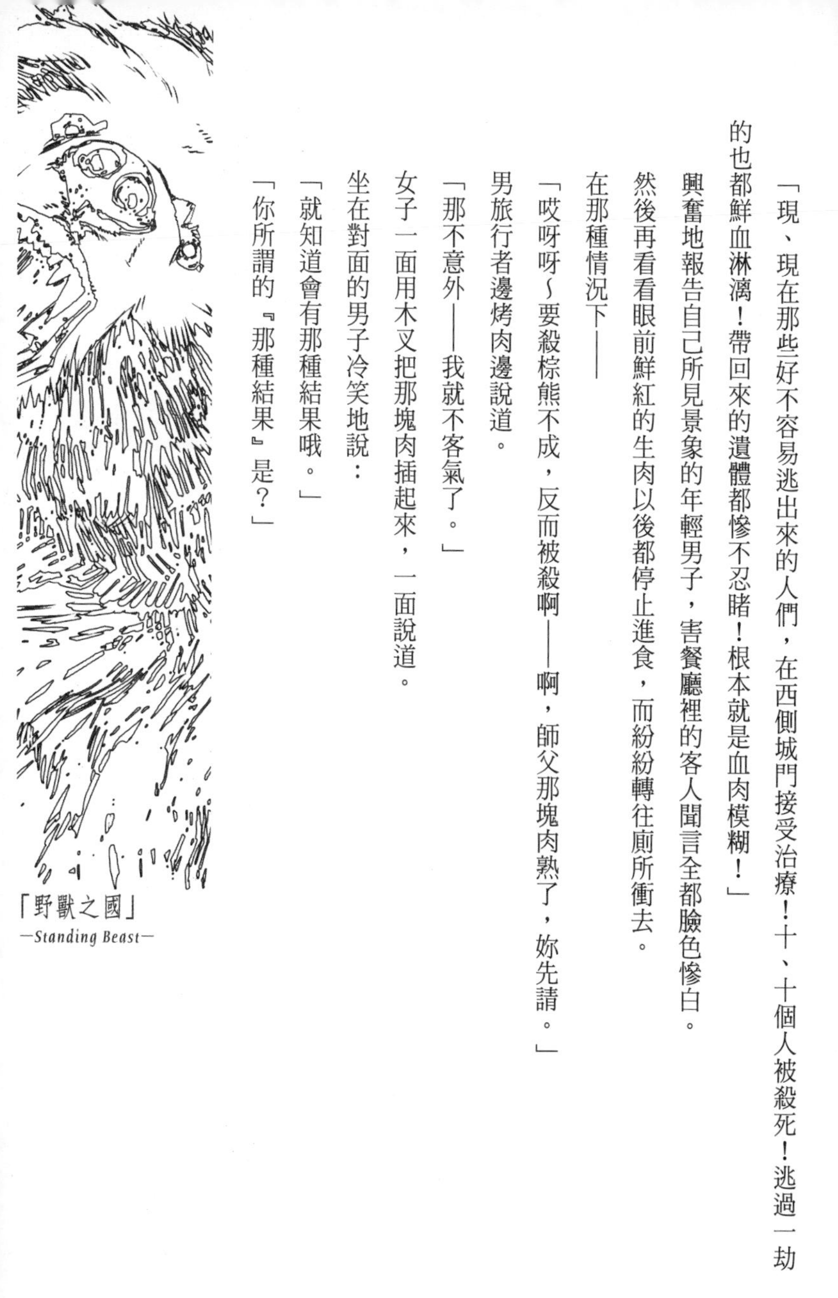

男子稍微降低聲量地說：

「師父應該早就知道吧？憑那個警官隊跟他們的裝備，是無法對付棕熊的。更何況他們使用的點三二口徑子彈，若想幹掉大型野生動物，威力根本就不夠哦。」

「是啊。」

「順便一提，不是人多就有用，反倒會不利呢。要是有一兩個人想臨陣脫逃，那種不安的感覺會整個擴散開來。拿對付犯人的訓練應用在猛獸身上，根本就派不上用場。為了避免起內鬨也不能用圍捕的方式，就算我們參加這場狩獵行動，別說是驅逐野獸，連我們自身都有危險呢。」

「這個嘛～是沒錯呢。」

「但這時候還是沒有說服他們並加以阻止，真的很有師父一向的作風呢。」

男子開心地邊說，邊把新的生肉擺在鐵網上，看來他準備繼續吃呢。

女子也小聲地說：

「就算阻止也阻止不了吧。那個部隊長——似乎是個企圖心很強的人，也聽說他在覬覦下一任的國長位子。」

「喔～師父的消息果然很靈通。」

「其實他個人很受歡迎，也聽說他最後應該會爬到那個位子。而為了加快那個速度，因此這次很急於立功喲。而他那些部下就淪為餌食了。」

「原來如此啊～其實只要狠心點就省事多了呢。話說回來這肉還真好吃呢～到底跟一般豬肉有什麼不同呢？」

有別於兩名悠哉繼續用餐的旅行者，餐廳裡因為警官隊的悲劇已經鬧哄哄的。其中應該也有警官的朋友吧，還有人臉色大變地衝出去。

其餘的居民們不安地說「照這樣下去，這國家到底會變成什麼樣呢」，還說國家很有可能會被一頭猛獸給毀滅。

結果，神色倉皇不安的餐廳員工，把客人們不吃的肉都撤掉了。另一方面，兩名旅行者已經把桌上的肉全都一掃而空，吃得乾乾淨淨。就在那個時候。

「聽說昨天入境的旅行者在這家餐廳，不曉得是哪位？國長希望能跟他們見個面，可否跟我走一趟？」

說著那些話走進餐廳的男子，那響亮的聲音讓整間餐廳變得鴉雀無聲。

男女旅行者坐在附帶車篷的馬車上，他們被帶到位於國家中心的一棟大型建築物。

雖然外觀不如其他國家聳立的高樓大廈，但以原木屋來說算是大得嚇人，這裡是國長的官邸。

然後，在整面牆貼滿肖像畫的執勤室等待的，是年約七十歲的男性。他身材瘦長，腳可能行動不便吧，因此是坐在木製的輪椅上。這輪椅還有裝雪橇的構造，果然很有雪國的風味。

至於旁邊看起來很健壯的男性們，是他的隨從。為了護衛國長，眼神顯得非常犀利。

經過介紹得知他是第一百五十四任的國長，女旅行者優雅且彬彬有禮……男子也跟著一板一眼地打招呼及自我介紹。

兩人當然沒說昨晚曾幻想要抓這個人當人質的事情，然後在邀請下坐了下來。

國長親自說明這個國家目前面臨的嚴重狀況。

大致上是昨天聽到的那些事，但是加上今天新傳來的情報，也就是警官隊出現十二名死者及八名傷者。因此死傷人數又比之前更多了。而且也了解他們遭到攻擊時的詳細情形。

一大早行動的警官隊──

在北邊森林發現到棕熊撥雪的痕跡，地點距離城牆不是很遠。

今天沒有下雪，這痕跡還很新。這樣的話就能輕易找到牠，於是眾人意氣高揚地開始追蹤。不過，這是發生在痕跡朝十公尺高的坡道蔓延的事情。

就在隊員們儘管不容易找到立足點，但還是開始慢慢往上爬的時候，突然出現在斜坡的棕熊正一口氣滑下來，而且是朝著警官隊。

由於是體長超過四公尺的巨大棕熊，簡直就像是滾下一塊黑色岩石。

為了防止跌倒導致走火，因此說服者都事先上了保險。加上有許多名警官是用背的，因此無法立刻開槍射擊。

在後方有幾個勉強能夠射擊的人，卻無法正確命中滑下來的物體。就這樣，棕熊開始在那三十個人之中大開殺戒。警官隊也陷入恐慌。

棕熊以牠驚人的力量將四周的人們像割草般地全部掃倒。

接下來，那裡就宛如人間煉獄。

有人的臉被削掉，有人的腸子飛出來，又有人被牠巨大的嘴巴咬住，骨頭因此被咬碎，而且還

「野獸之國」
—Standing Beast—

被甩到半空中。也有人的手臂是連同說服者一起被扭斷。逃到樹上的，被站立的棕熊一掃，雙腳不僅斷掉還被甩飛到數公尺遠。

儘管四周的警官想開槍，但又擔心會打中伙伴，因此不敢輕舉妄動。

不過還是有幾發打中了，不過棕熊非但沒有害怕，反而惹火牠而更加殘暴。

為了制止棕熊好讓部下逃走，部隊長也用愛用的掌中說服者射中棕熊的背部——但還是沒有什麼效果。

於是棕熊在短短的幾十秒之內，讓二十個悲慘的警官鮮血淋漓。無論是抵抗的人或沒抵抗而抱頭逃竄的人，牠全都攻擊。

在大肆行兇以後，棕熊悠哉地離開現場。最後被牠當面狠狠瞪著看的傷者，都失去了意識。

好不容易離開現場而撿回一命的部隊長及十名隊員，根本就不敢追那頭棕熊。

他們盡最大努力救自己的伙伴，但結果有四個人當場斃命，八個人在現場邊喊「我不想死」邊一一死去。

倖存下來的就拖著傷者，設法讓他們回到城門前避難。雖然是可怕的重體力勞動，但不知什麼時候從背後襲擊的恐懼感，卻很可能會成真。所幸的是，棕熊並沒有追上來。

平安無事的十個人把傷者交給守備城門的警官，又再抱著必死的決心回到現場——卻看到更可怕的景象。

一度逃走的棕熊又回來，毫不猶豫地啃食屍體。

原本整齊排放的伙伴屍體，四處分散在染紅的雪地上。

有幾隻落在地上的手腳、被咬碎到腦漿噴出來的頭部、只有腹部被啃食的屍體，還有可能是被踩扁而陷入雪地的臉與胸部被壓扁的屍體。根本就是分不出誰是誰的狀態。

某人的頭顱掛在高處的樹枝上，不曉得是不是在被吃掉的過程中甩出來。

森林裡還拖著長長的血跡，似乎有遺體被棕熊帶走，可能想留著準備晚一點再吃。現場沒有任何能夠追牠的人。

之所以能夠確認死者的數目，並非已經確認過所有屍體，而是計算生還者才得到這個數目。把十二人份的屍塊帶回城牆，遠比把八名傷者帶回來要來得簡單。

聽完國長的說明——

「兩位的話……能夠擊倒那頭惡魔嗎？」

他開門見山地詢問兩名旅行者。

女旅行者斬釘截鐵地回答：

「雖然無法完全保證可以，但如果是工作的委託，我們倒是願意接。等一下我們就會做準備，明天一早我們倆會進森林裡。」

她所謂「工作的委託」，指的就是「並非做白工」。但也未必會說出要多少酬勞。

而她說「我們倆會進森林」，指的是「不會帶其他人一起去」。

然後國長立刻回答：

「拜託你們，只要酬勞不是國民的性命與個人財產，我會扛起責任支付的，無論什麼酬勞都願意支付。如果妳要的話，我的命給妳也沒關係。反正我已經老了，再活也沒多久。」

這時候可清楚看到周遭的居民們臉色都變了。

對於國長那充滿男子氣慨的言詞，男旅行者開心地笑起來。我們可不會因為「抓來當人質就不取你性命」。

女旅行者點了一下頭並斬釘截鐵地說：

「酬勞等我們幹掉棕熊再說。還有，我們不要你的命，只要給我們能在旅途中換成旅費的物品就可以了。」

這讓擔心「要是他們說要賴在這個國家該怎麼辦」的隨從們鬆了口氣。

就在那個時候，走廊傳來些許吵鬧聲，還有人跑過來的聲音。

「國長！」

猛然開門衝進房裡的究竟是誰呢？結果是那名警察部隊長。

他身上還穿著制服，但到處都被血染成暗紅色。他自己似乎沒有受傷，因此那應該都是部下的血吧。

「我們還有辦法戰鬥！請不要委託外人！」

部隊長站在坐著的兩人旁邊大叫，一副拚了命也要阻止這件事。

「…………」

國長不發一語地搖頭。

「國長！請交給我處理！請讓我替部下報仇！拜託，讓我來！就算是我一個人去也沒關係！我會帶炸彈去！就算要跟那頭野獸互相纏鬥也無所謂！請繼續把這個任務交給我！」

國長語氣冷靜地對大吼大叫的部隊長說：

「允許那個作戰計畫的是我，失敗的責任由我來扛。」

「可是——」

「這件事若能夠圓滿收場，我將扛起責任辭去國長的位子。屆時將很需要下一個帶領這個國家的人物，你要是死了會造成我的困擾，我的意思你應該明白吧。」

「…………國長……」

部隊長失望地低下頭，而且幾乎快哭出來。

真是讓人熱淚盈眶的故事呢~男旅行者心裡雖那麼想，當然他沒有說出口。

反倒是女旅行者——

「部隊長先生，你已經盡最大的努力了，請不要覺得自己很丟臉。」

她很圓滑地安慰部隊長，只是他並沒有反應。

「這一次換我們兩個上場。」

「你們有什麼策略嗎？」

國長問道。

「首先……這說明會有點長，但還是請你們聽我說——」

聽完女子解釋的計畫——

「我、我怎麼能答應那種事情！」

部隊長因為過於憤怒，完全沒顧及所在之處而大聲喊叫。順便一提，他原本是坐在準備好的椅子上，但現在卻是站起來大叫。

男旅行者心想，「這個嘛，是正常人都會那麼認為的」，當然他沒有說出口。

然後國長經過非常漫長的思考——

「那麼做——可以打倒那個惡魔嗎？」

他只是那麼問。

這是發生在隔天早上的事情。

城門打開了，朝陽照射在原本停在裡面的卡車。

這一天是萬里無雲的晴天。天空一片蔚藍，積雪也閃著美麗的銀色光芒。

氣溫也因此而下降，現在是零下十度左右。

卡車上坐著兩名旅行者，他們穿著禦寒衣，戴著帽子跟手套，然後還戴著墨鏡。

至於駕駛室裡，其實擺了七挺說服者在架子上並固定得好好的。

每一挺都威力強大，其中還包括了能夠自動連射的軍用步槍。

所有說服者都裝填了滿滿的子彈，而備用彈藥跟彈匣也都有準備。

然後卡車做了奇怪的改造。首先，是車身前方裝了尖銳的金屬板。這是用來推開樹木，方便前進用的。

而駕駛座與副駕駛座的左右兩方，綁了像擋牆般的木材。這是用來防止棕熊突然衝撞駕駛座的裝備。棕熊的力量或許會把木材折斷，但可以爭取閃躲的那一瞬間。

載貨台則是把車篷連同骨架都拆掉，黃色小車當然沒有在上面。

反倒是車體左右有類似水槍的物體，像觸角那樣伸出來。載貨台上放了兩個大型鐵製水槽，和兩個利用小型農業引擎發動的幫浦。

那是能夠從卡車把水槽裡面的東西，往左右兩邊遠遠噴出的構造，看起來就像是一輛消防車。

「好了，準備走囉，師父。」

「隨時都可以出發哦。」

在駕駛座的男子說道，副駕駛座的女子則如此回答。

當男子一踩油門，引擎便跟著轟隆隆響，Crawler 開始抓著雪地往坡道爬，接著卡車就往森林裡的銀色世界出發。

從城牆頂端低頭看著出發的卡車——

「這作戰計畫也太魯莽了吧……」

一名警官念念有詞地這麼說。

「居然要燒掉森林……」

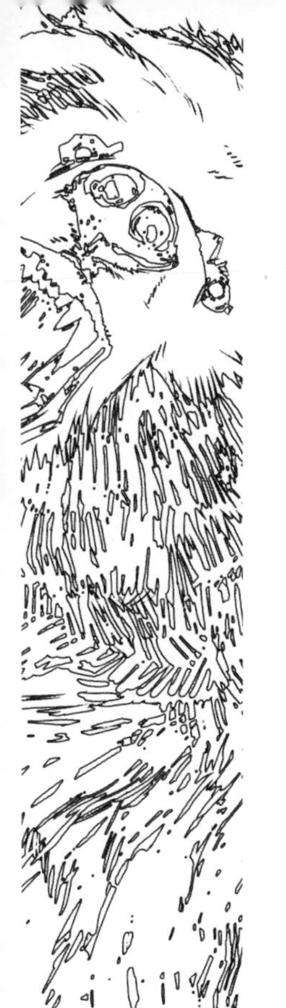

「野獸之國」
—Standing Beast—

女旅行者告訴國長們的作戰計畫，是非常非常粗暴的計畫。

也就是他們在卡車裝上水槍，把可燃性液體灑在森林裡以後再點燃。

當然，森林裡的樹木會燒起來。

由於森林冰天雪地的，並不會延燒成整片的山林火災，但應該會燒掉某種程度的範圍。

棕熊不會像其他動物那樣，看到火就一溜煙地逃跑。但也不會大膽靠近，更重要的是，牠對味道非常敏感。

他們計畫一面讓牠厭惡火跟煙霧，一面追尋棕熊，最後再毫不留情地射殺牠。

與其說這是狩獵，不如說已經跟軍隊的殲滅行動沒什麼兩樣。

也難怪部隊長會氣瘋，而國長經過長時間的考量之後才點頭答應，還說他會主動向國民解釋。

就這樣，卡車出動了。

「我們可是得到國長的允許呢～走吧。」

駕駛座的男子開心地邊說邊踩油門。

警官隊昨天在雪地留下的痕跡還在，因此他們非常小心翼翼地前進。

不久，在走了一半路途的森林裡——

「應該在這裡就可以了吧。」

女子如此說道，並從腳邊的袋子拿出防毒面具。那是兩人平常就攜帶，蓋住臉部與嘴巴的面具。在使用催淚彈的時候戴的。兩人熟練地戴在臉上，然後拿掉嘴部罐狀物的蓋子。

確認面具戴好以後，女子按下駕駛座旁邊的開關。

接著載貨台的幫浦開始運轉，黏度高的深棕色液體便開始從卡車的左右兩側噴出。

那是男旅行者混合調理用的植物油、卡車的燃料、橡膠接著劑，以及用來發出刺鼻臭味的辛香料或藥品，製作出相當危險的液體。

液體黏答答地附著在樹上，還落在雪地上染成深棕色。

男子讓卡車稍微前進，關掉噴出開關的女子隨即拿起步槍，左手做出開槍的姿勢並往窗外開了一槍。中了曳光彈的樹木一下子就燒起來，不久燒到灑在雪上的液體並延燒到旁邊的樹木，森林呈扇狀燒了起來。

接著煙霧冒出刺鼻的臭味。

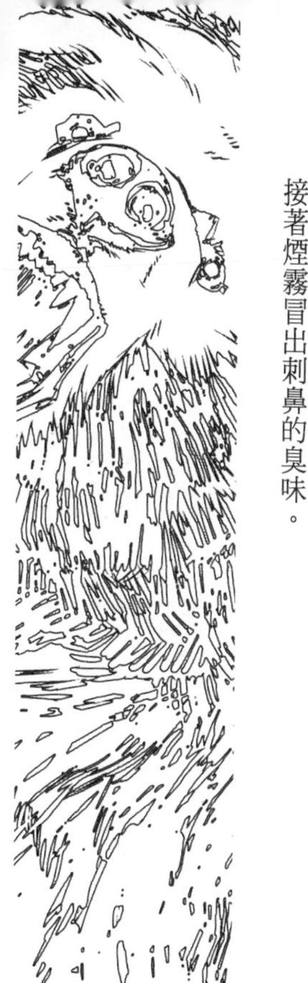

卡車背對著火焰與白煙慢慢往前進，然後又拚命灑液體，再利用射擊點燃。
卡車一面讓層層火焰延燒，一面朝警官隊昨天遭到襲擊的地方前進。

警官在高聳的城牆頂端觀察那狀況——
看著蔓延在廣大土地的森林不斷燒起來的模樣。
「居然毫不猶豫……就把我們的森林……」
他恨恨地念念有詞。
至於其他警官——
「可是……如果這麼做可以撂倒大家的敵人……」
則露出複雜的心境。
然後部隊長——
「…………」
他不發一語，雙手叉在胸前。
火焰與煙霧逐漸接近昨天部下遭到襲擊的地點，通過那裡後便又開始朝棕熊逃走的方向移動。

「找～到了！」

男子之所以開心地大叫，是因為他們距離警官遭到襲擊的地方才五百公尺而已。

不過，在大雪中的五百公尺已經算相當遠的距離。是因為駕駛卡車才能毫無困難地移動。

在平坦的森林另一頭，明顯有異物存在。雖然這附近揚著淡淡的煙霧，但雪地上的黑色團塊卻是格外顯眼。

「師父，在一點鐘方向。距離，五十公尺！」

男子邊告知女子位置，邊一口氣猛踩油門。由於隔著防毒面具，因此他喊得比平常還要大聲。

拚命用火焰破壞森林的卡車，發出呼嘯的引擎聲，以最大的速度往前衝。並且毫不留情地折斷眼前較細的小樹。

慢慢撥開白雪往前進的，的確是棕熊沒錯，而且果真如傳說中的龐大。

而棕熊正往順風的方向慢慢逃走。

「野獸之國」
—Standing Beast—

「繼續追，然後從左邊繞過去。」

男子遵照女子的指示操作方向盤與油門。

「包在我身上！」

至於他防毒面具下的表情，看起來非常開心呢。

女子從那些步槍之中，抓起一挺威力比剛剛用來點火的還要大上許多，並且裝有瞄準鏡的自動連射型步槍。然後從車窗伸出去，擺出準備開槍的動作。

由於戴著防毒面具而無法貼在臉頰上，但那不是什麼問題。

接著女子解除保險，瞄準棕熊。因為卡車會晃的關係，所以比平常多花點時間在瞄準上。正當她心想「鎖定了沒」的那一瞬間，黑色影子從圓形視野消失不見。

「讓牠跑了。那邊是坡道，牠往下逃了。」

女子一面收回步槍一面說道。

「了解，我馬上追。」

男子首先確認過眼前的地形。

棕熊消失之處，是坡度和緩的山谷。從樹木生長的方向判斷，往右邊走的話，似乎可以從山谷下方進來。

「我們從出口進去。對那傢伙來說，應該也是下山比較輕鬆。小心車子會搖晃哦。」

男子把卡車車頭對準山谷下方，並把方向盤大大切向右邊。裝在卡車前面的履帶，也豪邁地改變方向。

然後，又再次往前衝。

比棕熊大上好幾倍的卡車，宛如生物一面呼嘯，一面在雪中勇往直前。

當卡車終於接近山谷，女子再次把步槍伸出車窗外。

男子再次用一隻左手控制方向盤，右手則抓著散彈說服者。以防有任何萬一的狀況，可以單手從左側車窗開槍。

不斷把白雪往上捲，折斷細長樹木的卡車進入了山谷。

進入那大約有四十公尺寬，宛如坡度和緩之窪地的山谷。

然後——

「找到了。」

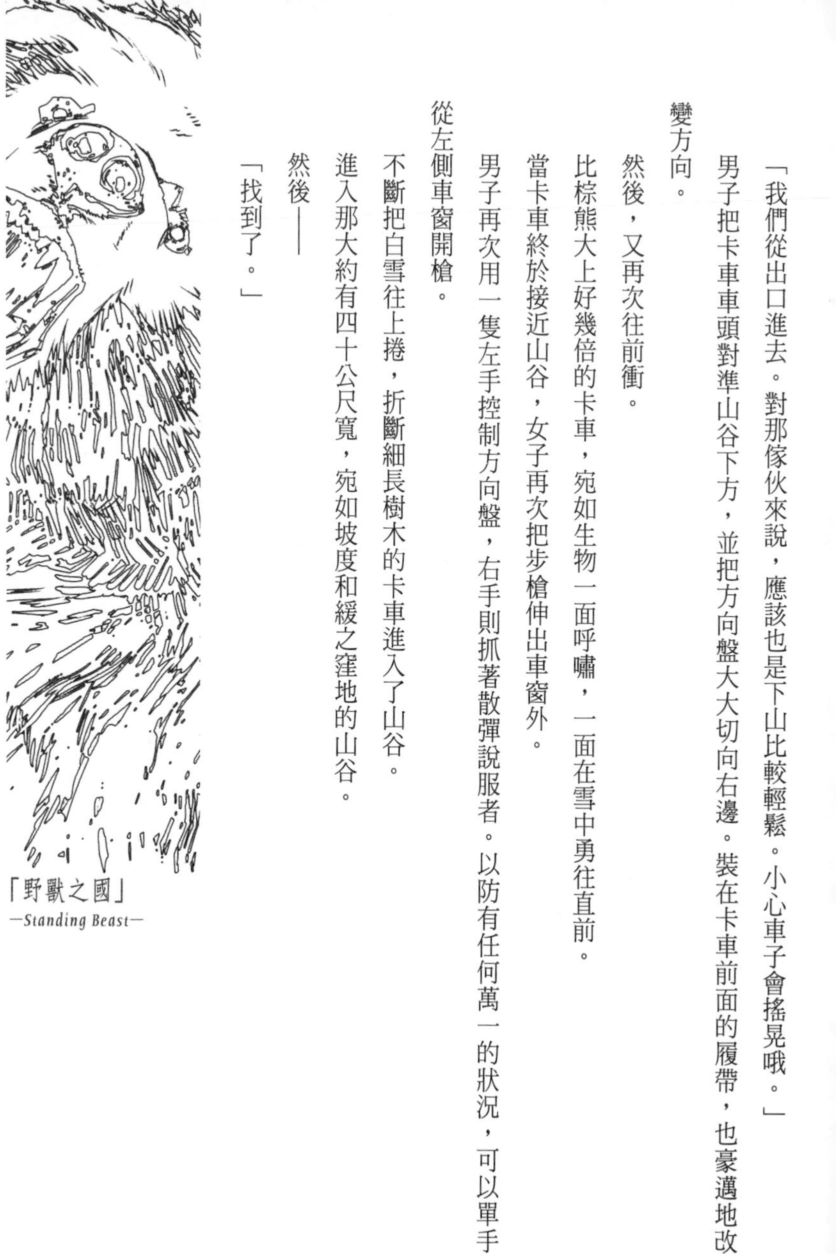

棕熊就在那山谷中央。

牠放棄爬上滑下來之處，而是朝山谷出口邊撥著雪邊靠過來。果真如男子判斷的。

牠距離卡車僅有二十公尺左右，是連棕熊的眼睛形狀都能看得一清二楚的距離。

棕熊那雙宛如銀色子彈的眼睛，瞪著出現的卡車。

牠毫無畏懼地瞪著比自己大好幾倍的怪物。

停下卡車的男子把說服者上保險之後，一面放回架子上——

「喔——果然很龐大呢……」

一面有氣無力地發出感嘆。

接著確認自己散發的煙霧與臭味尚未飄到這裡，於是摘下防毒面具。

男子對棕熊說：

「別那樣子瞪我們啦！我們跟你又無冤無仇！」

雖然牠不可能聽見，就算聽見也未必聽懂，但還是這麼對牠說。

「不過啊，我們必須殺掉嚐過人類味道的野獸哦。因為，人類很好吃對吧？一旦覺得好吃而且又輕易就獵食得到，你當然會再吃對吧？」

當男子親切對牠說話的時候，女子也摘下防毒面具並舉起步槍做出開槍的動作，靜靜等待開槍的時機。偶爾還銳利地確認其他方向，是否有什麼東西接近。

「不是啦～因為我昨晚吃的豬肉真的太好吃了！所以能夠了解你的心境，嗯。」

「不過，真的很抱歉——說完了。」

男子如此說道，單方面地結束單方面的會談。

他瞄了一下副駕駛座上的女子——

「請動手吧，師父。不必有任何顧慮，請殺死牠吧。」

他語氣輕鬆地說道，彷彿把剩下的最後一塊餅乾讓出那麼輕鬆。

女子不發一語，把步槍前端靠在部分的木框上，望著瞄準鏡並調整呼吸。

就在那個時候，棕熊慢慢站起來。

雖然那也是熊類用來威嚇的習性，但那展露龐大身軀的模樣，看起來就像個驕傲的勇者。

透過瞄準鏡看那頭棕熊的女子，墨鏡後面的眼睛突然瞪得大大的。

她的手指觸碰扳機，輕輕地扣下去。

在小小的山谷裡，發出了大大的槍聲。

即使在遙遠的城牆，也微微聽到那個槍聲。

「聽到了嗎？」「聽到了！開槍了耶！」「幹掉了嗎？」「取牠性命了嗎？」

警官們不斷鼓譟。

「…………」

而雙手一直盤在胸前的部隊長，則不發一語地小露微笑。

「怎、怎麼了，師父？」

男子難得臉色大變。

他眼前那頭右側腹中彈的棕熊，正搖搖晃晃地往右邊逃跑。一路上殘留血跡的牠，痛苦地爬上山谷斜坡。

男子往副駕駛座看，女子把上了保險的步槍收進車內。

「保持適當距離跟在牠後面。」

沒有回答問題的她下了那樣的命令。

「妳果然是刻意沒有瞄準心臟對吧？為什麼不殺了牠呢？」

「事情突然有變化，等晚一點再殺牠。反正出血過多也是會沒命，但現在先跟緊牠再說。」

「…………」

雖然完全不明白她的理由——

「了解。」

男子還是邊踩油門邊連結離合器。

棕熊拚命逃跑。牠撥開厚厚的積雪，偶爾還痛苦地發出哀號。

至於牠前進的路線，是森林裡面。

卡車保持適當的距離在後面追。

「那傢伙要逃到什麼地方啊？」

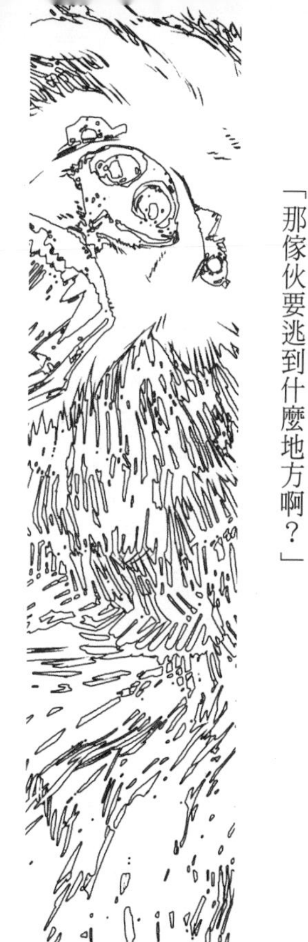

在沒有緊追不捨的情況下慢慢駕駛的男子問道。

他沒有期待有任何回答。雖然是跟自言自語沒啥兩樣的詢問，但女子立刻給了他答覆。

「應該是牠家吧。」

「啥？」

「是牠家喲。要是你發生什麼事情，也希望最後能死在自己家裡吧？」

「這個嘛～是沒錯啦……」

訝異的男子立刻表情嚴肅地說：

「師父，妳在那頭熊的身上看到什麼了嗎？」

「咦？你怎麼會認為我看到什麼呢？」

「也只能往那個方向想啊。妳透過瞄準鏡，在那傢伙身上究竟看到什麼？」

女子停頓了幾秒，然後回答：

「是『項圈』。」

「喔喔！他們終於回來了！兩個人似乎都平安無事！」

當兩名旅行者開著卡車回到城門附近的時候，森林大火也自然而然地熄滅。

不過，那也是在幾棵珍貴的樹木全毀之後。

然後高掛在天空的太陽傾斜得相當厲害，中午時間也過了一大半。正當警官們擔心再等下去該不會要等到天黑的時候。

聽到槍聲，而且猜想兩名旅行者很快就回來的他們，在城牆上一直苦苦守候。

後來無論是吃午餐或是喝下午茶，那兩個人就是沒回來。

「該不會遭到反擊而被吃掉……？」

也有警官那麼說。

但是，沒有勇者敢去確認那件事。

「他們用繩索拖著棕熊的屍體哦！成功了！旅行者們回來了！」

透過望遠鏡看到卡車的警官們，開心地跳個不停。

「野獸之國」
—Standing Beast—

在國內的國長與居民們都一樣焦慮不安。

當他們收到擺平棕熊的卡車回來的消息，全國上下的情緒整個沸騰。

原本待在崗哨的國長滿意地點了好幾次頭。

「好了～我們大家去迎接那兩位勇氣十足的旅行者吧。集合現在沒有急事要做的人們，今天是慶祝的日子，也請你們準備慶功宴。」

他下了這樣的命令，然後前往國家中央的公園。

穿過城門的卡車後面有個黑色團塊，那確實是棕熊的屍體。

牠兩隻後腳被又粗又長的繩索緊緊綁住，而且綁在卡車骨架上慢慢拖行。

屍體通過凍結的路面上畫出些許紅線。

居民們這次來到路邊，對著折磨這國家的惡魔丟雪球洩忿。

其實他們是想丟石頭，但因為只有雪，逼不得已只好把雪盡量捏硬再丟出去。

就算被那些雪球打中，閉著眼睛沉睡的黑色屍體仍動也不動。

同時——

「你們兩個幹得太好了！」「真的謝謝你們！」「果然有一套！」「你們是救世主！」

他們對駕駛座的男子與副駕駛座的女子送上誠心的讚美，道路兩側充滿了許多笑臉。

不過——

「傷腦筋耶，師父。」

男子臉上並沒有笑容。

「我來負責說明，你只要跟平常一樣做好開槍準備就好。」

女子臉上也沒有笑容，應該說她本來就不是個常常笑的人。

那兩個人後面的載貨台上，蓋著一塊布——

下面躺著兩個大人與兩個小孩——被凍得硬梆梆的屍體。

男子一臉疲憊地念念有詞：

「啊～啊，肚子好餓，真想吃那個豬肉。」

許多人在國家中央等待卡車到來，大家都露出歡喜的表情。

還有坐在輪椅上的國長、部隊長與他的部下們。

大家都在等待勇者與他們的卡車，還有惡魔的屍體。

當棕熊的屍體被運到公園中央，為了防止國民過於憤怒破壞牠的屍體，因此警官隊拉了約十公尺的距離將牠團團圍住。

縱使警官們也巴不得馬上將牠千刀萬剮，但礙於上頭的命令也只能先保護牠的屍體。

卡車熄滅隆隆作響的引擎以後，就變得十分安靜。而原先不斷鼓譟的群眾，也跟著安靜下來。

女旅行者以及男子打開車門，彷彿從木材下方鑽出來似地下車。

二人站在國長及部隊長面前，女子開口說：

「我們完成委託的工作了。」

「我確實看到你們的勇氣與智慧，請讓我代表國家向你們道謝，真的非常感謝你們。」

國長如此說道，為了要低頭敬禮，他試圖用無力的雙腳站起來。

隨從十分緊張，女旅行者則這麼說：

「您就坐著不要動了。」

制止他站起來以後又如此邀請。

「我還有話要說，請您跟部隊長一起到棕熊旁邊好嗎？」

於是一行人往前走，站在警官們團團圍住的黑色屍體旁邊。

「我們收拾掉的，就是這個生物，請兩位確認一下。」

女子如此說道。

「太可怕了……這就是，惡魔嗎……」

國長臉色一沉，站在旁邊的部隊長則瞪著吃掉自己許多部下的猛獸看。

「沒錯……攻擊我們的就是這傢伙……」

男旅行者開始說明。

「就是這傢伙對吧，牠是棕熊沒錯。體長有四公尺以上，是公的。年紀應該還很輕，但是已經死了。」

那麼說的男子還稍微抬起牠的前腳，讓眾人看看牠那宛如柴刀的巨爪。男子一放手，那前腳就無力地往下墜。

「野獸之國」
—Standing Beast—

然後男子，表情嚴肅地說出令在場所有人都訝異的話。

「牠的名字叫『小黑』。」

「啊？」

國長訝異地張開嘴巴。

「那是什麼啊？」

部隊長不由得反問。

旁邊的警官隊、居民都對男旅行者投以不可思議的目光。

「小黑，是這傢伙的名字。」

男子又重覆一遍，國長如此說道：

「啊～原來如此，是你們幫牠取的嗎？你們有幫打到的獵物取名字的習慣對吧？」

所有人也大多同意國長的說法。

既然是幹掉牠的人，當然有權利替牠取名字。但女旅行者卻當著心想「接下來就叫這隻野獸小黑吧」的人們面前，斬釘截鐵地說：

「不，這名字不是我們幫牠取的。」

當場面愈來愈混亂，男旅行者跳上卡車的載貨台，並掀開上面的布塊。

然後，抬起下面蓋著的屍體。

「警官先生，請過來幫一下忙。」

男子把在附近的警官叫過來，再從載貨台把屍體交給他們。

剛開始以為宛如棍棒硬梆梆的屍體，是什麼原木的警官——

「哇……」

剎那間差點被嚇暈。

然後——

「請把他們排在棕熊旁邊。」

照男子的話把他們慎重排在地上。

那些屍體分別是成年男性與成年女性，年約十五歲的少年及年約十二歲的少女。

他們全都不是這國家的人，身上還都穿著羽絨衣，但現在全都被凍得硬梆梆的。

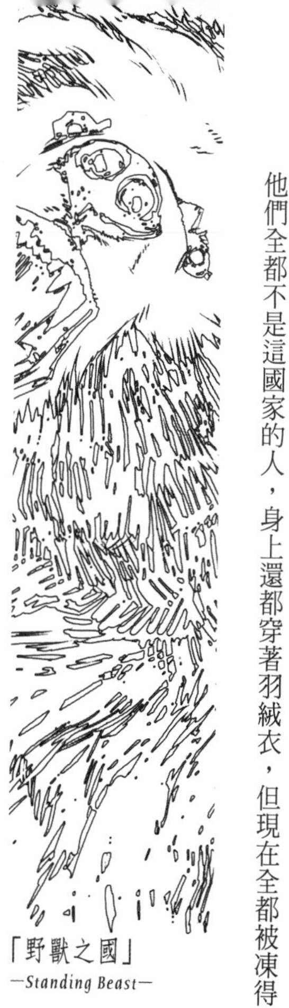

他們的身體及手腳都黏滿了雪，但很不可思議的是，唯獨臉部看起來就像睡著似的。

看著一具具排在地上的屍體，國長皺著眉問：

「到底是誰……？」

「…………」

部隊長沒有說話。

「這些遺體——」

女旅行者提高聲調說道。

「是我們今天發現的，就在國境之外，首先可以確定的是，他們應該跟我們一樣是旅行者。」

「天哪……我沒印象他們曾入境這個國家，可憐的他們成了那頭惡魔的犧牲者嗎？」

國長問道。

「不是的。」

女子立刻回答。

從卡車的載貨台下來的男子，看了一眼女孩的屍體，然後再看看睡在她旁邊的棕熊屍體。

然後拿起原先擺在載貨台的散彈說服者。

女子則難得拉開嗓子大叫。

她用威風凜凜的聲音脫口而出的是——

「小黑這個名字是他們取的，他們是犧牲者，是站在那兒的部隊長手下的犧牲者。」

下一秒鐘，發生了許多事情。

以國長為首的居民們，無法理解自己耳朵聽到的話，訝異地張大嘴巴。

警官們則盯著被指名的部隊長看。

那位部隊長把手伸向腰際的槍套，並拔出裡面的掌中說服者，對準眼前的那名女子。

女子只是不發一語地看著他。

不久廣場響起槍聲，人們的背脊彷彿被鞭打似地直發抖。

「嘎……」

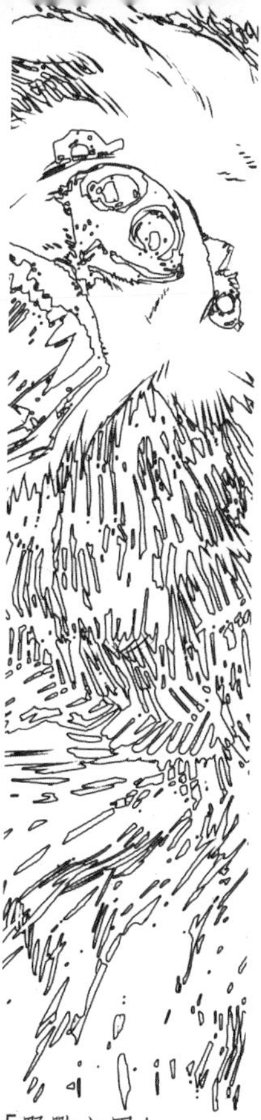

部隊長發出悲鳴，說服者也掉在雪地上。只見他痛苦地用左手壓住右手臂。
不過，部隊長的手並沒有流血。
「那是減低威力的橡膠子彈哦，我們不會殺他的。」
開槍的男旅行者邊舉起散彈說服者，邊對訝異的國長說道。

無論國長、居民們或警官隊——
都親眼目睹部隊長拔槍想射擊女旅行者。
國長的隨從走向痛苦掙扎的部隊長說：
「這是在做什麼？你瘋了嗎？」
「…………」
並且用左手壓制住部隊長試圖撿起說服者的雙手。
「你、你做什麼？放開我！」
對著大聲吼叫的部隊長——
「我才想問你要做什麼？」
用更大的聲音斥喝的，是國長。

他對著隨從如此下令：

「先抓住他。」

兩名隨從上前硬拉住部隊長要他站好。

另一個人則撿起他的說服者，並卸除彈匣及裡面的子彈。

「等一下！那女的在愚弄我！所以我——」

面對急著反駁的部隊長——

「你想封住我的嘴是吧？只要把我們殺了，事後再硬掰些藉口好矇混過關對吧？」

女子用冷靜又透徹的口吻說道。

「你們相信那女人說的話嗎？」

「現在是我說明的時間，請你稍待一會兒。」

「住口！妳這女人想陷害我這個警官！算妳有膽！來人哪，給我逮捕這兩個人！」

部隊長持續咆哮，於是國長下令：

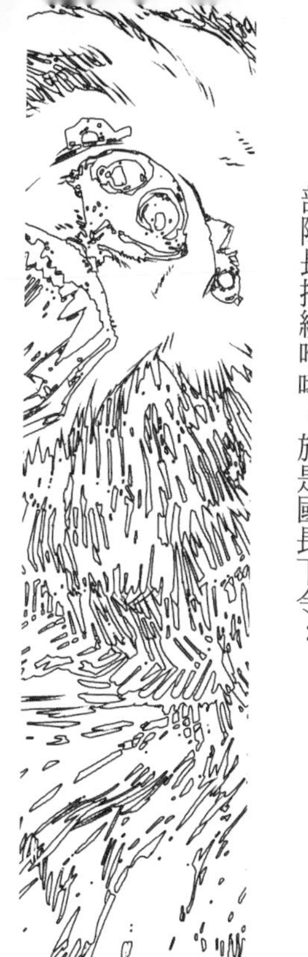

「先讓他暫時閉嘴。」

「我——唔嘎！」

隨從馬上用手帕摀住部隊長的嘴巴。

國長不斷看被壓制的部隊長與女旅行者——

「我打算等一下再好好聽他解釋，現在先聽妳的說明吧。」

然後語重心長地說道。

這是他們開始在後面追受傷的棕熊所發生的事情。

「是『項圈』。」

聽到女子的回答，男子不由得大叫：

「怎麼可能！」

但是看到女子一貫的面無表情——

「不是啦……既然是師父透過瞄準鏡所看到的，照理說應該不會看錯。如果是我親眼所見就另當別論了。」

「你把我當成什麼了？」

「先別管那個了，妳說，有項圈是嗎……」

「是的。雖然幾乎藏在脖子的皮毛裡，但我確實看到了項圈，因為有一塊橢圓形的銀色金屬片，那應該是名牌吧。」

「這麼說的話……那傢伙是有人飼養的寵物？」

男子邊開車邊問。因為越過山丘的關係，可以清楚看到搖搖晃晃逃走的棕熊屁股。

女子點了點頭說：

「沒錯，如此一來謎題全都解開了。終於知道原本沒有熊出沒的區域，為什麼會突然冒出一頭熊來。」

「原來如此，是某個旅行者帶來的……」

「照理說現在應該正值冬眠時期，我是曾聽說有些棕熊沒找到食物就不冬眠，就以為是那一類的棕熊，才會為了找食物而度過漫長的旅程。可是，看樣子並非如此。如果是有人飼養的棕熊就不

「野獸之國」
—Standing Beast—

愁沒有食物，因此並不需要冬眠呢。」

「若跟著那傢伙走，說不定能見到牠的主人呢？」

「是啊。」

「搞不好牠是聽從主人的命令攻擊居民們。」

「也是有那個可能性。」

步槍仍拿著不放的女子答道。

「只不過——」

「只不過什麼？」

「沒事……總之跟緊牠就是了。」

「了解。」

「就這樣，我們追著受傷的牠追了好長一段路。」

女子對國長說道。

在一片寂靜的廣場，只有國長開口說話。

「然後呢？」

不久痛苦的棕熊好不容易抵達某個山谷。

在坡度和緩且占地廣大的山谷，其斜坡面有一處漆黑的洞穴，是把積雪鑿開而成的雪洞。

棕熊慢慢地走進裡面。

從山谷上方看著那個景象的男子說：

「師父……找到了，看樣子是那傢伙的巢穴哦。」

「慢慢把卡車開到正面停靠，記得要隔一點距離。」

「了解。」

男子照指示開車，並且以低速下坡。然後，正當他把卡車移動到距離洞穴二十公尺處時——

忽然有黑色團塊從洞穴裡衝出來。

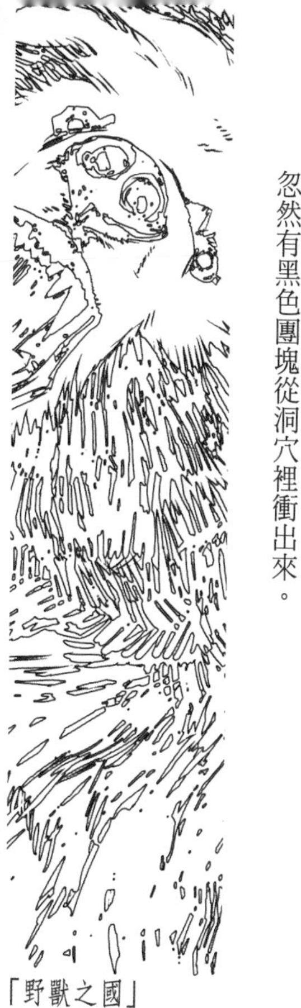

「野獸之國」

—Standing Beast—

是棕熊。

牠一面踢著積雪，一面像躍出來似地衝向比自己大好幾倍的卡車。完全不顧自己的側腹正冒著鮮血。

棕熊的呼吸聽起來像在嘶吼。

牠用盡最後的力量猛烈衝撞——

砰！砰！

震撼世界的兩聲槍響，化解了那個動作。

失去力氣的巨體整個往前倒並滑到雪地上，然後，就再也沒動了。

從眉間流出來的血還微微冒著熱氣，染紅了牠的鼻子。

從車窗伸出步槍，冷靜地往牠的心臟與腦部開了兩槍的女子——

「下車吧，我們去調查那個洞穴。」

她如此說道並拿出擺在座位旁邊的兩雙雪鞋。

「呃……我也要去嗎？」

「沒錯，你走前面。」

儘管男子露出百般不願的表情，還是拿起散彈說服者與手電筒。

在男子帶頭下走進雪洞的兩人，發現到的是——

「是那四個人的遺體嗎……」

國長如此問道。

「一點也沒錯，請您靠過來看看。」

女子答道，隨從也推著坐在輪椅上的國長到那四具屍體的旁邊。

由於他們都被冰雪凍結，肉體都沒有腐壞，但臉卻十分慘白，簡直像做工精細的人偶。

國長為他們默禱一會兒之後——

「他們是誰……？從什麼地方來呢……？」

「不知道，不過——」

女子從禦寒衣的口袋拿出什麼東西。

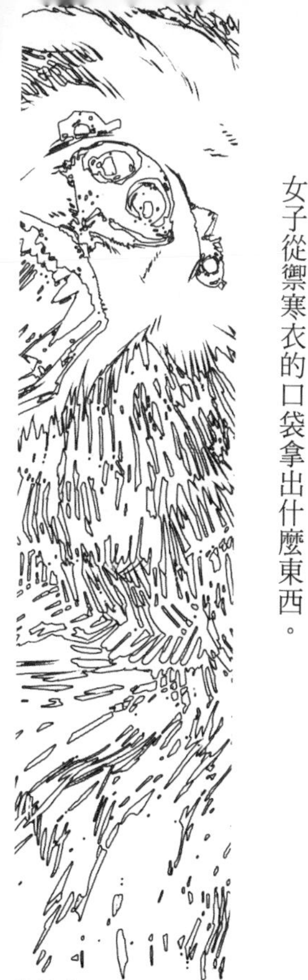

那是一張照片。

「您看這個。」

女子把那張照片拿給國長。

看到照片上的影像，國長——

「原來如此……」

又看著那躺在地上的五具屍體。

現在已變成冰凍屍體的四個人——父親、母親、兒子與女兒，在照片裡笑得好燦爛。

他們穿著具有特色的服裝。父親是小丑的打扮，母親穿著閃閃發亮的連身衣，兒子穿著行動方便的訓練服，女兒則是可愛的小禮服。

然後，照片中間坐了一頭棕熊。

全家人圍著那頭棕熊，兒子坐在牠肩膀上，女兒則坐在牠頭上。

「他們是『一家人』……應該是傳聞中的『馬戲團』呢。」

「我想也是，他們可能打算來這個國家做巡迴表演。請您再看這個。」

從女子手裡移到國長手中的，是一塊火柴盒大小的橢圓形金屬牌子。

國長唸出刻在上面的文字。

「『小黑』。」

「在我們進去的洞穴裡，發現這四個人的屍體。」

女子繼續說明。

「唔喔喔喔喔！」

被壓制住的部隊長不知道在叫喊什麼，但所有人都沒有理會。

「他們被整齊排放在洞穴最裡面，雖然手腳都凍僵了，但是臉部正如各位所看到的，非常安詳美麗。」

聽完女子這麼說，國長馬上明白了。

「小黑一直守護著他們是嗎……把他們的臉舔得很乾淨……」

「雪洞附近並沒有其他屍體，也沒有被吃掉的警官們的遺體。」

「牠一直在保護他們啊……」

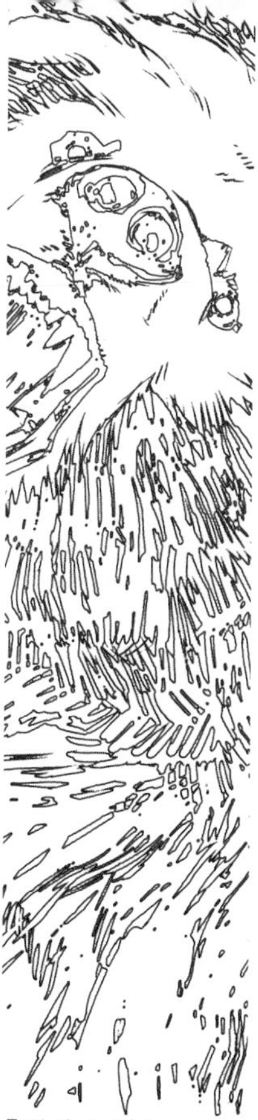

國長用滿是皺紋的眼睛看著那黑色的巨體。

「他們為什麼會死掉呢？這妳知道嗎？」

國長問道，女子堅定地點頭回應。

她蹲在其中一具屍體，也就是男性成人屍體的旁邊，然後掀開他胸部的衣物，上面有凍結的肌肉被削掉的痕跡。

「他是因這裡中槍而死亡的。我個人覺得有必要查清楚，就用刀子取出卡在他胸部的子彈。」

然後女子站起來，把手伸進禦寒衣的口袋，拿出一小塊金屬。

「請把手給我。」

放在國長手套上的那個東西——

「前端雖然遭到破壞而展開，但確實是子彈，只要打進體內就會變成這樣。」

那是射進活生生的男性體內，貫穿他禦寒用的羽絨衣、破壞他的皮膚、粉碎他的肋骨……

「唔……」

最後破壞他心臟的子彈。

「這是非常古老又罕見的子彈，就我在這個國家所看到的，使用這種口徑的說服者——」

女子所注視的男子——

「唔喔嗯嗯！」

也就是部隊長，不知道在喊叫什麼。

「只有那個人。」

「…………」

現場一片鴉雀無聲，國長經過好長好長的思考，不久——

「先撇開部隊長剛才的行動不說，光靠這顆子彈並無法證明是他幹的。很抱歉，這搞不好是妳事先準備好的。」

他說出如此冷靜的話，而女子也點頭同意這樣的說法。

「一點也沒錯，因此我們只取出一人體內的子彈。至於另一名女性及孩子們的胸部，都還殘留著子彈。我打算請這國家的醫生完成後續的工作。」

「原來如此……」

「之後只要經過嚴密的調查，事情應該會水落石出。至於我的『工作』報告，就到此告一段落了。」

女子如此說道，接著從國長面前退下。

「換你說了。」

國長轉換輪椅的方向並這麼說，隨從便拿掉部隊長嘴上的手帕。

「嘎哈！」

被兩名男性從後面架住站著的部隊長，當嘴巴一重獲自由就馬上說：

「這是誤會！我沒有做那種事情！」

男旅行者心想「就知道你會那麼說」，但他當然沒有說出口。

「這個女人想毀掉我！真是可怕的惡魔！」

男旅行者心想「你說她是惡魔，這我不否認啦」，但他當然沒有說出口。

「我殺了旅行的這一家人？為什麼？要嫁禍我也該有個限度吧！」

男旅行者心想「的確是不知道動機呢～」，但他當然沒有說出口。

這時候國長說：

「既然這樣你就靜候調查與審問，這應該可以吧？在案情明朗以前，將稍微限制你的行動。」

「那正合我意！就算要拿性命交換，我也要證明自己的清白！」

「也要問清楚你為什麼試圖開槍殺旅行者哦。」

「……知、知道了。」

看著乖乖點頭答應的部隊長，國長下令暫時把他帶走。

在目瞪口呆的居民與警官們的注視下——

「放開我，我自己會走！」

部隊長輕聲說道，隨從們便稍微鬆手。

接下來部隊長面向國長說：

「我一直很尊敬您。」

他斬釘截鐵地說道，掙脫慢慢被鬆開的右手——

然後向國長行禮。

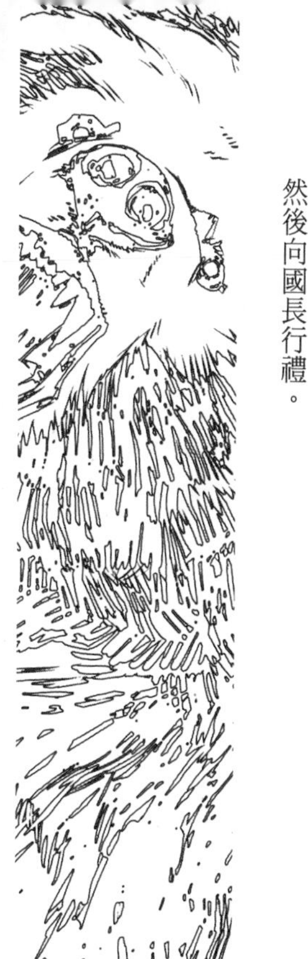

接著輕輕放下手，移到腰部的位置。他一拔出藏在皮帶頭裡的刀子，首先刺向右側男子的腹部，再反手刺向左側男子的臉部。

「直到剛剛為止！」

只見隨從們往左右兩邊倒下，彷彿從那裡躍出來的部隊長隨即衝撞國長。

「啊～啊。」

男旅行者——

「…………」

與女旅行者全目睹了那個景象。

部隊長轉而攻擊國長。

連同輪椅倒在雪地上的國長，首先被他用左手從後面勒住脖子，刀尖則抵在他右眼前威脅。

「所有人都不准動！」

部隊長大喊，制止試圖撲過來的那些隨從。

部隊長站起來，也把雙腳行動不便的國長硬拉起來。當刀子在脖子被勒得更緊而發出呻吟的國長臉頰滑過，皮膚隨即被劃出一道長長的傷口。

居民們發出悲鳴，他則抱著臉頰不斷流血的國長——

「再動這傢伙就沒命哦？所有人先退開，要是敢靠近五公尺以內一步，我就挖出這個老不死的眼珠！」

部隊長開心地說道，但表情卻格外冷靜。

儘管四處都是氣瘋了的居民們的慘叫聲，警官們試圖攔住部隊長，隨從們也氣得咬牙切齒，卻只能夠遠遠地圍住兩人。

然後——

「怎麼辦，師父？」

「這下省了不少時間。」

「妳的意思是指『查明謎團的時間』嗎？還是『抓國長當人質的時間』？對了，妳不必回答沒關係。」

「如果是你，這個國家與名產的豬肉，你比較喜歡哪一個？」

「那還用說嗎？當然是豬肉，那太好吃了。」

「真巧，我也是呢。」

「我還想嚐嚐看培根呢。」

「說得也是。」

「要是有剛出爐的麵包跟蛋，那最好不過呢。」

兩名旅行者一副事不關己地對談。

然後男子從口袋拿出一發重彈頭，並裝進說服者的彈匣。

他唰地滑動機槍之後，接下來扣下扳機會飛出來的，就是這顆彈頭。

男子把說服者——

「來，這給妳。」

交給女子。

「謝了。」

接下說服者的女子，望向國長與部隊長那邊。

「原來如此……真的是你幹的……」

「沒錯哦，國長。想知道理由嗎？」

兩個男人緊貼著身體交談，國長的右臉頰出血相當嚴重，使得他胸前不斷被染紅。

「啊——師父，等等再開槍。既然如此，乾脆聽完他們的對話再開槍吧，這樣比較省事。」

男旅行者如此說道。

「知道了。」

女子也停下原本接近那兩人的腳步。

「想，請你務必要告訴我。」

「那你就仔細聽清楚吧。」

部隊長一面迅速環視四周，一面表現出要是有人敢稍微接近，就毫不留情挖掉國長眼睛的態度，

然後回答國長的問題。

「因為我想盡快告別這個國家哦。」

「什麼？你那麼討厭祖國嗎？」

「當然討厭，這什麼鬼地方啊？是什麼都沒有的爛土地哦，當初會在這裡定居的祖先們，鐵定是無處可去的關係吧。抑或是被送來這裡的罪犯什麼的。我啊，從小就嚮往廣大的世界！」

「那你大可以自行離開啊，我並沒有禁止百姓出國啊？」

「話是沒錯，但沒有方法出國啊。只要往外面踏出一步，夏天是泥濘不堪，冬天則是大雪紛飛。若沒有卡車，根本都別想離開吧。」

「所以，你是為了搶交通工具嗎……」

「答對了。那些傢伙為了搬運那個大塊頭，因此開了附有大型柵欄的卡車呢～」

「你是在國境之外殺了他們對吧……？」

「沒錯，我說要進行入境前的事前審查。讓那四個人排排站之後，再『砰砰砰砰』。我之所以當警官也是因為這樣就能擁有說服者，以及能夠自由進出國界的權利，真的很好用哦！而且也好不容易讓我逮到機會！」

部隊長回答的時候，看到左後方的隨從想撲過來的樣子。

「住手！」

部隊長馬上往國長的手臂砍下去，毫不留情往旁邊滑動的刀刃，連同禦寒衣將他的皮膚劃破。

「咕哇！」

當下又增添了慘叫聲跟出血處。

兩名旅行者在稍遠的位置，默默注意他的行動。

「只有你一個人嗎？是你一個人幹的嗎？」

儘管臉頰跟手臂都是血，但國長仍剛強地繼續詢問。他想趁目前有證人在場，讓他把所有真相都說出來。

「當然是我一個人幹的，我不可能連累部下。我不想為了封口，而殺死那些可愛的部下。」

「那你還真有良心呢。」

「正因為如此，我才想親手殺死那頭吃掉我伙伴們的野獸！」

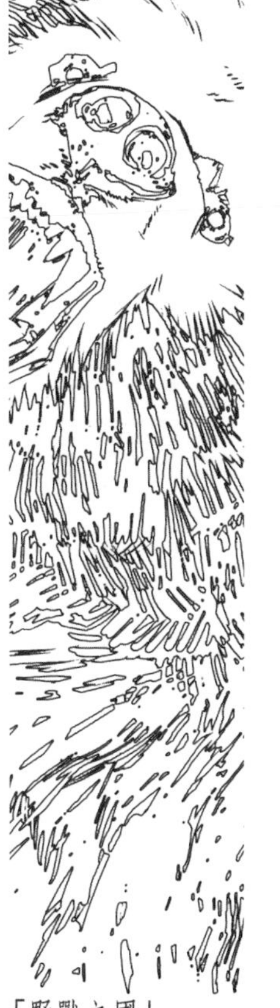

看到部隊長難得流露真情——

「哈！哈哈哈！」

國長不由得噗哧笑了出來。

警官隊也都聽到他們這段對話，因此表情顯得很複雜。

「讓那頭野獸四處亂竄的罪魁禍首，不就是說這些話的你嗎？」

「我應該殺了牠的！」

部隊長憤憤不平地說道。

「在幹掉那四個人之後，我也對籠子裡的那傢伙開槍，朝牠的腳部開了好幾十槍！全都是針對腳！等到牠動也不動的時候，才推下籠子把牠放出來！我原以為那頭野獸，會在死前把那些屍體吃光光的！」

「但結果卻是這樣？結果反而害死了二十多個無辜的國民？」

「是啊，我應該確實殺掉牠的！以後我會那麼做的！把所有妨礙我的傢伙全都幹掉！」

「那輛卡車呢？」

「還好好藏在森林裡哦，上面有燃料也有食物。所以！當我初次被那頭野獸目擊到的那天，就應該逃跑才對！我應該也自由了呢！」

「該怎麼說才好呢～」

男旅行者喃喃說道。

他一面念念有詞，一面把兩手插進禦寒衣的口袋裡。

隔著裡面的破洞，慢慢握住一挺掌中說服者。

「這樣我非常明白了，並認定你就是一切的元凶，我將以國長之名懲罰你。」

「好啊～隨便你啦，反正我都要離開這個國家了。」

部隊長一面把刀子上的血擦在國長的衣服上，一面這麼說。

「而且我也快得到一輛新卡車呢。」

然後他瞄了兩名旅行者一眼，正確說的話，是看他們後面的卡車。

「你們兩個！」

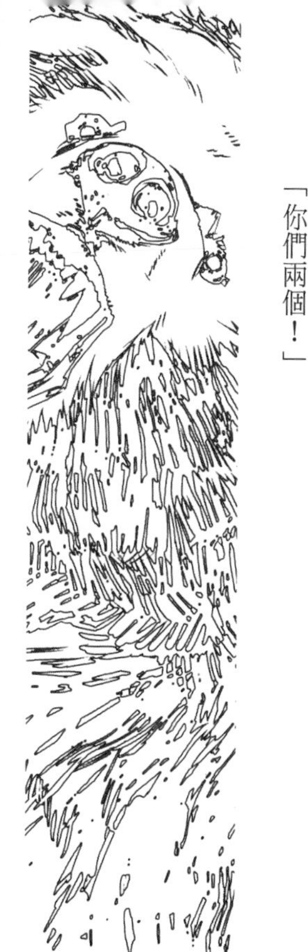

「野獸之國」
—Standing Beast—

部隊長喊道。

「什麼事？」

拿著說服者的女子回答。

「從現在起那輛卡車我接收了，而且在我安全逃出以前，你們要兼當人質幫我開車。現在馬上發動引擎，我順便還要接收妳手上那挺說服者。」

對於他那麼多的要求——

「我拒絕。」

女子立刻回答。

「馬上照我的話做，否則我殺了這傢伙哦？」

部隊長隨即往國長的左腳砍下去，接著是右腳，鮮血還從劃破的禦寒衣滲出來。

接著，當然就是照他剛剛說的，把刀子舉到國長眼前，距離只差一公分就能要他的命。

但是女子——

「請動手。」

一面慢慢舉起說服者，一面這麼說。

「啥？妳在說什麼？」

「我說『請你殺了他吧』，反正我又不是這國家的人。雖然我不討厭國長，但也沒有義務保護他的性命。」

「……妳這傢伙！」

「我反而覺得應該優先保住自己的卡車呢。」

當女子說完話的同時，她一面往前踏出步伐，一面舉起說服者。

把前端又大又圓的黑洞穩穩對準國長，以及躲在他後面的部隊長。

四周開始鼓譟不安，隨從也嚇得不知該如何是好。

就在那個時候。

「說得好！開槍吧！」

大聲喊叫的是被瞄準的國長。

臉上鮮血淋漓的他，開心地笑著說：

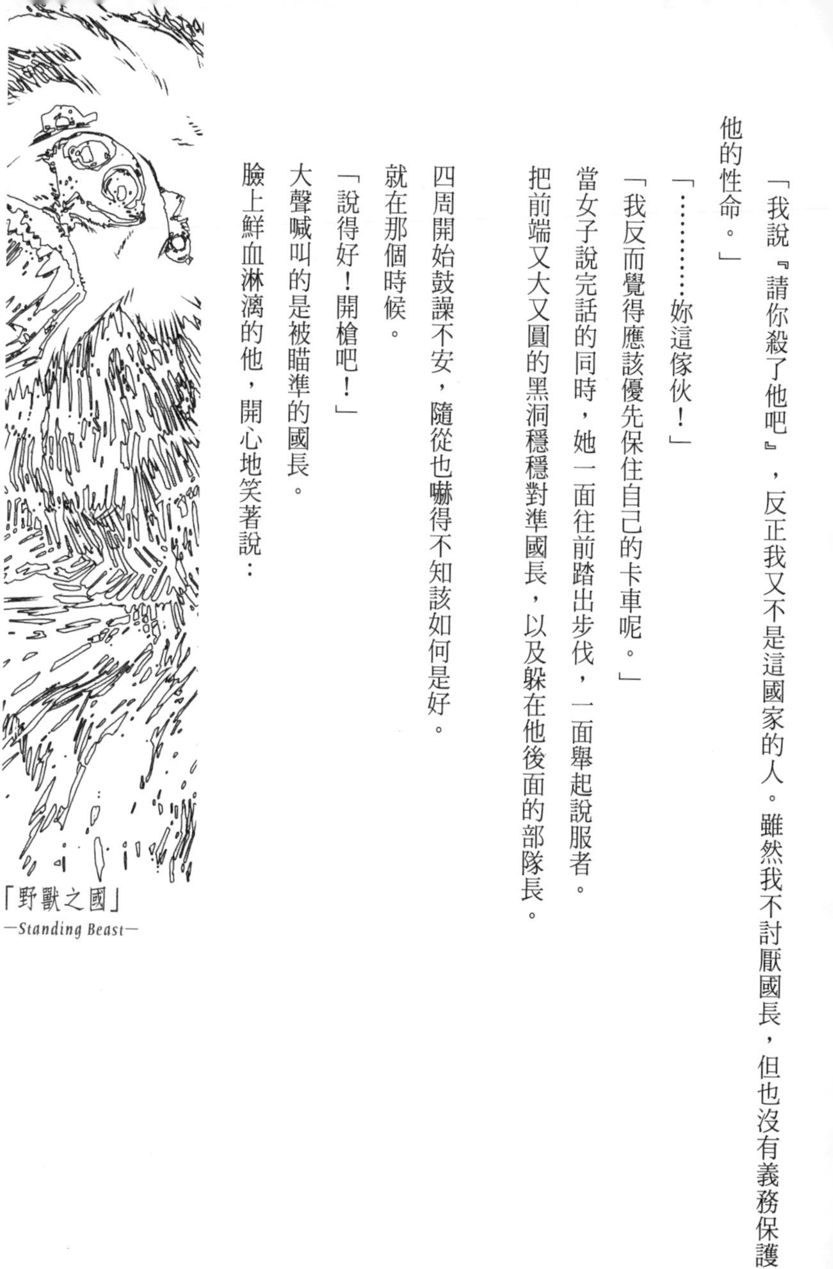

「旅行者小姐！連同我把這個禽獸一併殺了吧！雖然昨天妳說『不需要』，但我這條命還是給妳了！」

當在場連同部隊長在內的全體居民都啞然無聲的時候——

「大家聽著！千萬不准處罰這名旅行者接下來的任何行為！這是身為國長的我最後的請求！」

國長繼續這麼喊叫。

「…………」

女子沒有說話，然後繼續瞄準他的胸部並再往前走一步。

「別過來……」

部隊長慢慢往後退，正當他指著女子的刀子，距離國長的臉約十公分的那一瞬間——

噗咻！噗咻！傳來很小很小聲的槍聲。

刀子從部隊長的手裡掉下來，他的右手腕開了三個小洞。緊接著鮮血從那裡冒出來，還不斷滴落在雪地上的刀子上。

「咦？」

部隊長滿臉狐疑看著仍舉著說服者的女子。

「就是現在！」

然後被手臂粗壯且一起撲上來的隨從們拖走，並壓倒在地。

國長被拉開之後，部隊長則倒在雪地上。

「你這個王八蛋！」

隨即被毫不留情地毆打。

然後——

「傷腦筋——」

剎那間男旅行者的左手從懷裡掏出剛剛才射擊過，附有消音器的掌中說服者。然後感慨萬千地念念有詞：

「這下子，終於可以吃豬肉了。」

第二話
「收藏狂之國」
—What I Want & Why I Want—

第二話「收藏狂之國」

—What I Want & Why I Want—

「歡迎歡迎，旅行者！以及摩托車！這是我引以為傲的說服者收藏所哦！」

「這是……好驚人的數量哦。這一整面牆，全都是說服者啊……」

「話說回來，這整棟建築物全都是說服者的倉庫？哇～總共有多少挺啊？」

「光是步槍就有八百五十三挺，散彈說服者是三百八十九挺，自動連射式是二百十一挺，掌中說服者是一千五百零四挺，然後是皮帶頭型或樂器型等特殊形狀的說服者是三十三挺喲！我之前跟店家訂購的說服者會在明天送到，所以又會增加二十九挺！」

「…………」「哇塞——」

「我拚命工作，把所賺來的錢全部都花在說服者上面！為了收集喜歡的東西，也會對工作更加把勁呢！」

「原來如此，為了喜歡的東西再怎麼辛苦都無所謂是嗎？」

「原來如此——不過，你賺的錢還真多呢。」

「剛開始我只是個普通上班族，但靠那份薪水根本就無法收集。我無論如何無論如何，都要更多更多的錢，於是自己成立了餐廳事業。目前國內都有我的店，旅行者等一下也去吃吃看！當然是我請客！只要報上我的名字就不用付錢哦。」

「非常謝謝你，那我就恭敬不如從命了。」「真替你的店擔心呢──」

「原來如此～這就是奇諾的說服者啊？舊式的液體火藥型左輪手槍除了發射子彈，還可以當擊出其他各種物品的發射器。這挺細長的自動型手槍做工非常精細，槍管下方藏有雷射瞄準器（註：是發出雷射光線指示子彈飛出方向的裝置）啊？好棒的創意，請務必讓我模仿這個創意。這個口琴型消音器的消音效果好像很不錯呢，而且有滑動鎖，若是用點二二口徑的亞音速長步槍彈擊出，應該幾乎沒有聲音呢。不過，這是具有前後能夠分解之驚人構造的自動連射型步槍啊？這太棒了，我頭一次看到耶。如此一來就可以用來狙擊，不曉得精準度如何呢？看來製造它的國家具有驚人的技術呢──而且，每一挺都很常用且維修保養得很徹底，感覺很不錯呢。尤其是這兩挺掌中說服者，還讓

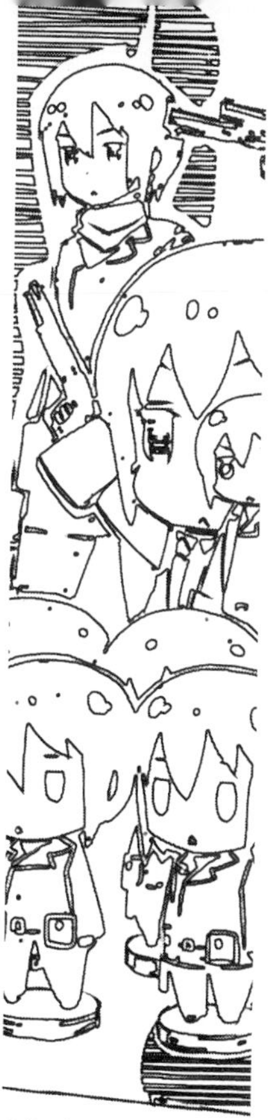

「收藏狂之國」
—What I Want & Why I Want—

我感到不知該說是驚人的悠久歷史呢？還是類似怨念的感覺呢！」

「天哪……」

「實際上，似乎累積了滿滿的怨念呢。」

「我看我就直說好了，奇諾。妳是否願意把這三挺的其中之一，或全部都讓給我呢？」

「喔！奇諾，這可是抬高價錢的大好機會呢！」

「呃──這輛摩托車的話──」

「不要啊──！」

「開玩笑的啦，漢密斯。」

「嗯，我也知道。」

「真的嗎？」

「奇諾，怎麼樣？那都是我說什麼都想加入珍藏品之中的絕品呢！」

「我只能夠開門見山地回答你，我每一挺都無法讓出，很遺憾無法達成你的願望。」

「是嗎……其實我也無法讓出自己愛用的說服者呢。如果能得到，當然是很開心，但這也是沒辦法的事。我知道了，幸好妳確實對我說『Ｎｏ』哦。」

「我想～這也是沒辦法的事啦，奇諾要是少了它們就無法繼續旅行呢。」

「咦？為什麼？不是只要有你這輛摩托車就可以旅行了？」

「這個嘛～話是沒錯啦——不過，若用在其他目的上就不可或缺哦。」

「咦？什麼樣的目的啊？」

「要是少了它們，就無法保護我自己跟漢密斯。」

「性命？保護自己？為什麼？」

「你問『為什麼』啊？這個嘛～因為有襲擊奇諾的人類跟動物啊！」

「咦咦咦咦咦咦咦咦咦咦！那麼那麼，奇諾妳會用說服者攻擊人類跟動物啊？妳曾經開槍攻擊過嗎？」

「是的，攻擊過。」

「哇啊啊啊啊啊！不會吧！」

「……？」「怎麼了嗎？」

「我無法忍受那種事情！這可是優秀人類創造出來的智慧結晶耶！居然讓這麼美麗的金屬藝術

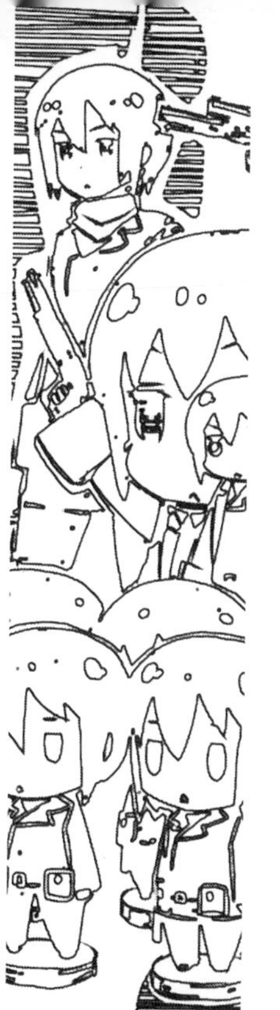

品吸取野獸及他人的鮮血！」

「…………」「…………」

「我絕不會旅行的！」

奇諾敬啟：

感謝妳昨天參觀我的收藏。

也很慶幸能看到妳的說服者哦。

倒是有一件很突然的事情，有人送我一挺刀型說服者。

店家說「進了很難得一見的說服者哦」，於是放進剛剛寄來的說服者之中，但是我不要這種說服者。

因為，刀子是很可怕的傷人武器。

這個國家九成以上的兇殺案，都是菜刀或刀子所引起的。一想到那些活生生被刀子砍殺的人，我連刀子都不想看，甚至於討厭進廚房。

所以，原本我打算把這挺說服者退回給店家，但想到奇諾妳或許用得上，於是就寄到妳下榻的旅館。

正如妳所看到的，它乍看之下是普通刀械，但刀柄內部可以裝四發點二二口徑的長步槍子彈。

只要扣下扳機就能藉由雙動模式連射四發子彈。當然，這是近距離用的。

而且，還額外附上同尺寸的雷射瞄準器。

與這挺刀型說服者結合後，不僅可以瞄準目標（但如此一來只能開三槍），若插入奇諾原本持有的自動式膛室，還可以調整瞄準器。

總之，若妳能當做是昨天的謝禮收下，那我會很高興的！

祝妳的旅行永遠持續下去！

敬上

「可是漢密斯，他從頭到尾……就是個怪人呢。」

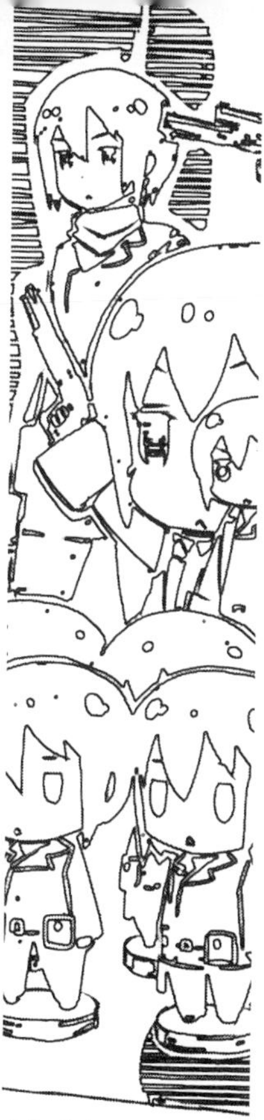

「收藏狂之國」
—What I Want & Why I Want—

「妳又沒王牌（註：日語是切り札もない）。」
「……是『太直截了當（註：日語是身も蓋もない）』嗎？」
「對，就是那個！——對了奇諾，那個怎麼辦？」
「這個嘛……可以拿的東西就收下吧。」
「就知道妳會那麼說，奇諾在旅途中老是會收到人家的說服者呢，我看未來很可能會達到上百挺哦。」
「那就慘了，得在漢密斯後面再加個拖車呢。」
「別給我加拖車！妳可以找個時間買個什麼都能放的百寶袋啊？」
「若真有賣那種東西，我鐵定會買喲。」
「這種刀型說服者，奇諾妳真的會拿來用嗎？」
「不曉得耶……？老實說，還真不清楚用它的時機呢。」
「算了！哪天有需要再把它給賣了！倒是奇諾，差不多要準備冬季的裝備哦。」
「知道，我也得多吃點東西呢。」
「妳想睡啦？——到下一個國家的時候，記得在輪胎打上止滑釘哦。還有一件事，我想做一個嘗試。」

「咦，什麼嘗試？」

「就是在車身旁邊裝滑雪板！這樣走雪路的話就不怕會翻車了！」

「若能有助於你的行駛，當然是可以啦……倒是很意外耶，我還以為漢密斯極度討厭車身的改造呢。」

「是討厭啊！不過，總比動不了好吧！」

「了解。那麼，我們到下一個國家再做冬季的準備。現在，我就先從吃東西開始吧。」

「所以妳別睡啊！」

「收藏狂之國」
—What I Want & Why I Want—

第三話
「有過去之國」
—What We Have Taught.—

第三話「有過去之國」

—What We Have Taught.—

「這是廢墟吧～不覺得殘破不堪嗎？」

漢密斯如此說道。

「或許吧，我想確認看看。」

駕駛的奇諾答道。

那裡是個雖然有樹木生長，但地面淨是岩石的不可思議空間。

在坡度平緩的大地，粗大的樹木破開岩地向上伸長。

樹木的粗大枝幹往四面八方伸展，但有別於它的壯大，只有少少的樹葉在上面。仙人掌雖是巨大化的植物，但看起來就像是普通樹木。

天空是清澈的藍色，頭頂上豔陽高掛，簡直看不到一片雲。

季節正值春天，氣溫還很涼爽，因此奇諾穿著大衣，臉上也纏著領巾。

奇諾與漢密斯往西前進，由於大地幾乎都是岩石，因此跟柏油路一樣堅固，也沒有什麼落差，

是條可以盡情奔馳的道路。

奇諾舒適地騎著漢密斯，一面輕鬆閃開擋住路線的一株仙人掌，一面說：

「我原本是聽師父說的。」

「那麼，是相當久遠的事情囉。」

漢密斯說道，奇諾點了點頭。

「應該吧。師父是這麼說的——『有座非常非常美麗的廢墟，那是在岩石山山腳下一個石頭堆砌而成的國家，從山上引下來的乾淨泉水至今仍形成水路流動，是看起來能夠容納幾萬人居住的美麗城鎮』。」

「這樣啊~如果都用石頭堆砌，那城鎮或許還在呢。它為什麼會變成廢墟呢？」

「師父她停留了幾天，也相當仔細調查過，但她說查不出原因呢。」

「哎呀~那兒給人什麼樣的感覺呢？」

「如果是生病，就算有殘留屍體也不足為奇，但完全找不到曝露在外頭的遺體，或有屍體被埋

「有過去之國」
—What We Have Taught.—

葬的跡象。如果是發生戰爭，國家沒有亂七八糟的倒是滿奇怪，而且所有物品都很乾淨。如果是百姓移居，應該會把家具什麼的帶走吧，但那些東西幾乎全都留著，儲藏食物的倉庫裡還有堆積如山的肉乾與穀物，聽說師父還拿走一些呢。整個區域似乎只有城門是開著的。」

「嗯嗯嗯，留下房屋與食物但居民突然消失的國家啊～好神祕哦。我記得，以前也聽說過類似的幽靈船故事哦。」

「師父後來也造訪附近的國家，並且詢問那國家的事情。不過，好像因為它原本就沒有對外交流，附近國家甚至不知道有那國家的存在呢。」

「也就是說，到目前為止都沒有人去過那個國家？」

「好像是。不過這附近的土地也如所看到的硬梆梆，要是騎馬的話會傷到馬蹄，所以大家不太喜歡走這邊。況且還有其他路可選擇，這裡放眼望去除了石頭沒有其他東西，可說是沒人願意接近的不毛之地。」

「這樣——但是對摩托車來說卻是最好跑的路呢。」

「因為師父是開車，為了前往其他國家時也基於同樣的理由走這條捷徑，然後就讓她碰巧遇到了喲。」

「這樣——那麼，既然那個國家是很漂亮的廢墟，奇諾要住下來嗎？」

「怎麼辦呢～那應該也不賴呢。」

「一個人住的話很寂寞呢～」

「我有漢密斯喲。」

「只有一個人和一輛摩托車的話，很寂寞呢～希望能多點人口～但是那應該是不可能的吧～讓『卡農』也說人話怎麼樣？」

「希望它能跟漢密斯相處融洽。」

「要是我們感情太好結婚的話，奇諾妳會怎麼做？」

「我會幫忙想漢密斯與『卡農』的小孩的名字。」

「拜託想酷一點的名字哦。」

奇諾與漢密斯一面做那樣的對話，一面穿過荒野——

「看見了！」

「看見了！」

「有過去之國」
—What We Have Taught.—

當他們越過一處山丘的時候，在前進路線的前方看到石造城堡。

當奇諾與漢密斯緩緩接近那個國家，發現那兒的城門是緊閉著。

「奇怪？要怎麼進城啊？」

漢密斯問道，奇諾也微歪著頭——

「會不會是，從後面啊？或許有必要繞一圈呢。」

然後如此說道。

不過，他們完全沒必要那麼做。

當奇諾與漢密斯愈來愈接近時，城門旁的門打開了，從裡面走出拿著斧頭的衛兵。

「咦？」

「咦？」

「旅行者！歡迎光臨！歡迎你們到來哦！」

「太棒了！我國已經有十三年沒旅行者造訪了哦！」

「這是會聽人話的摩托車嗎？我有生以來頭一次看到耶！謝謝你們給了我這麼寶貴的經驗！」

「請好好玩哦！」

「哇～旅行者好酷哦！當我的男朋友吧！」

在國內悠哉前進的奇諾與漢密斯，受到居民們熱烈的歡迎。

「咦？」

「咦？」

那時候兩人意外地發出呻吟。

國內有整齊排列的石造房屋，水量豐沛又乾淨的水在石板路的左右兩旁流動。

漢密斯小聲地說：

「這是怎麼回事啊，奇諾？根本就有人啊？」

奇諾也小聲地說：

「不曉得耶……會是後來又回來了嗎？」

「這樣的話，或許會被追究師父吃霸王餐的責任哦！」

「有過去之國」
—What We Have Taught.—

「不，我寧可相信沒有那種事……」

於是奇諾與漢密斯來到位於這國家中央的廣場，而熱烈表示歡迎的國民還介紹他們今晚投宿的地方。

這是發生在接近傍晚的事。

全國上下為了歡迎睽違十三年造訪的旅行者，因此舉行了臨時慶典。

他們開放儲藏庫，端上一年只吃幾次的豪華餐點，全體國民都顯得非常開心，這全都是託了旅行者的福。

奇諾在國長的邀請下，坐在位於中央的宴會座位。

年約四十歲的國長，向奇諾與漢密斯介紹有關這國家的一切。

這國家目前人口數約五千多人，他們敲碎岩石開墾的田地種植農作物，利用源源不絕的泉水養殖魚類，並且養羊，偶爾還吃仙人掌，大家過著悠哉的生活。

邊吃烤全羊邊聽說明的奇諾——

「…………」

看了一眼漢密斯之後詢問：

「請問各位大約在幾年前開始居住在這片土地呢？」

結果，馬上就有答覆。

「這問題問得好！大約八百年前！」

居民們開始洋洋得意地述說這國家的事情。

述說八百年前從某處來此的八十多個人，也就是他們的祖先移居來這裡的事情。

透過卓越的技術，在只有石頭的這塊土地建立國家的事情。

在這八百年以來他們不曾跟其他國家戰爭，而且國內也不曾發生任何內亂，一直過著和平生活的事情。

還有他們從建國當初就記錄人口的移動，所有人都有族譜的事情。

奇諾在對話裡拐彎抹角，真的拐彎抹角地詢問這國家所有人是否曾中途離開過，結果——

「怎麼可能！我們一直在這裡紮根，生活到現在哦——！」

大家可能以為奇諾在開玩笑，於是邊笑邊回答。

奇諾偷偷找找看是否有師父來這個國家的時候已經出生的人，但現場並沒有。

「不可思議！」

「不可思議！」

「難道師父她說謊？不，我覺得不可能耶~那個人沒有理由說謊。」

「我想也是，還是奇諾妳記錯地方了？」

「可能性是零的機率不是沒有……但特徵完全符合，其他國家很少有這麼符合的。」

「說得也是呢~」

奇諾與漢密斯後來在這國家停留了二天，不僅觀摩這國家人們的生活方式，述說對這國家的人們很珍貴的體驗，吃著這國家的人們酬謝他們的到來而獻上的美味食物。

總之這裡是小孩很多的國家。

一對情侶若年紀輕輕就結婚，至少也要生育十個小孩，因此人口才愈來愈多。

由於國土與糧食有限，增加到某個程度就不得不控制人口，但目前似乎還有餘裕。

入境第三天早上，奇諾準備要出境了。

她背對目送的熱烈群眾啟程，來到西側城門前辦理出境手續。

「結果謎團沒有解開呢，奇諾。」

「是啊，不過我們玩得很開心就算了。」

就在奇諾準備發動漢密斯的那個時候——

「旅行者！請等一下！」

衛兵把她叫住。

「我收到命令，長老說務必要跟妳見個面。她正趕來這邊，可否請妳延後出發呢？」

由於聽說過所謂的長老是這個國家最年老的人，因此奇諾立刻答應這個請求。

「搞不好可以問那件事呢！」

然後就跟這麼說的漢密斯，一起在城門旁的衛兵崗哨等待。

搭著羊拉的車子前來的，是看起來約七十歲的老婆婆。

她看起來的確是這國家年紀最大的人。

前天慶典的時候她的確不在場，她雙腳似乎行動不便，因此兩側有人攙著她走過來。

經過介紹得知長老是上一任的國長，現在是過著隱居的生活，接著奇諾與漢密斯便很有禮貌地跟她打招呼。

然後，正當奇諾思考要在哪個時間點詢問過去的事情那一瞬間——

「各位，可以請你們出去一下嗎？」

長老她主動請衛兵與隨侍照顧自己的人退下。

等所有人都出去外面，崗哨裡只剩下奇諾與長老、漢密斯而已。如此一來，就能夠說不想讓他人知道的祕密了。

滿臉皺紋的長老——

「旅行者……妳前天好像問過大家，問這國家的人們是否曾離開？」

她開門見山地這麼說，奇諾點著頭回答「是的」。

然後老婆婆，用快哭出來的表情詢問奇諾。

「妳是這國家的真正主人嗎？還是其後代子孫？」

剎那間奇諾明白那個問題的意思，並且語氣堅定地回答：

「不，我不是，妳請放心。我既不是來搶回這個國家，也不是來偵察的。我真心向妳發誓我沒有說謊。」

這時候可以發現長老已經解除她內心的緊張。

「奇諾一點關係也沒有哦！她真的只是個旅行者，不過是碰巧認識幾十年前某個來過這裡的旅行者，從那個人的口中得知這國家的事情而已。」

漢密斯如此說道，奇諾也把自己所知道的事情全告訴長老。

「原來如此啊……」

看到長老完全鬆口氣的樣子，奇諾又說：

「果然大家是後來才在這空無一人的國家定居呢。」

「是的，一點也沒錯。」

然後長老告訴她整個來龍去脈。

幾十年前自己還很年輕的時候，上百人的集團好不容易來到這個國家。然後他們所有人，毫無例外都是重刑犯。

「在祖國被判流放對吧？那麼照長老的年齡來看，也是被判那個刑對吧？」

漢密斯的發言雖然很毒，但這反而比較快進入話題。

長老輕輕述說自己年輕的時候在祖國也是個罪犯，不但攻擊富人並搶奪他的金錢，甚至還殺過許多人。

然後，他們持續著逃亡的旅行，儘管饑餓與爭執讓他們失去了幾名伙伴，但也好不容易抵達這個國家。

因為以前曾遇過大家是罪犯的身分曝光而無法入境的國家，即使沒那個狀況，願意讓大批人入境的國家也很少，所以大家很害怕這國家是否也是那樣——但令人無法置信的是，這個國家居然空無一人。

那個時候他們雀躍無比，所有人發誓要洗心革面並互相扶持地生活。

把這裡當做是上天送的禮物開始定居固然很好，但又一直害怕哪一天這國家真正的主人回來，或許會要大家「滾出去」。

奇諾對說完來龍去脈的老婆婆說：

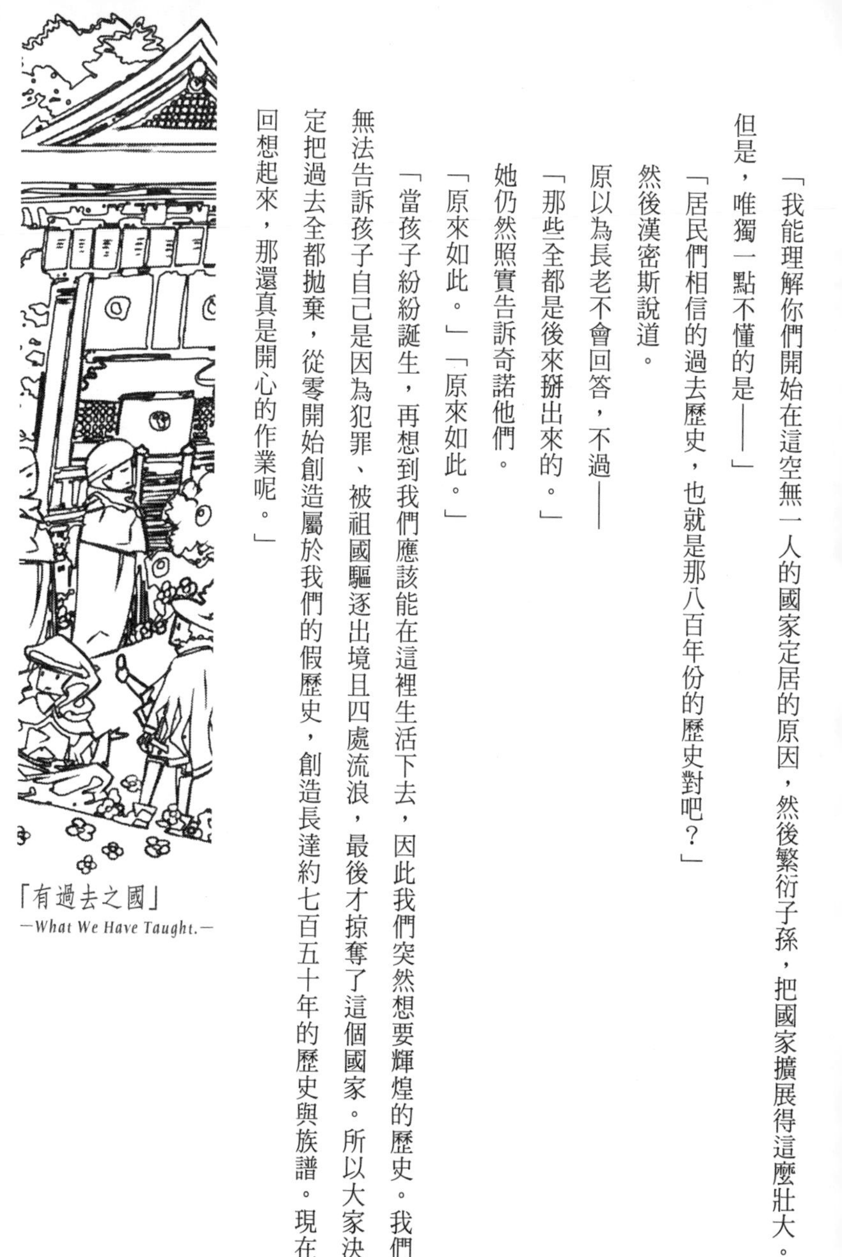
「有過去之國」
—What We Have Taught.—

「我能理解你們開始在這空無一人的國家定居的原因，然後繁衍子孫，把國家擴展得這麼壯大。但是，唯獨一點不懂的是——」

「居民們相信的過去歷史，也就是那八百年份的歷史對吧？」

然後漢密斯說道。

原以為長老不會回答，不過——

「那些全都是後來掰出來的。」

她仍然照實告訴奇諾他們。

「原來如此。」「原來如此。」

「當孩子紛紛誕生，再想到我們應該能在這裡生活下去，因此我們突然想要輝煌的歷史。我們無法告訴孩子自己是因為犯罪、被祖國驅逐出境且四處流浪，最後才掠奪了這個國家。所以大家決定把過去全都拋棄，從零開始創造屬於我們的假歷史，創造長達約七百五十年的歷史與族譜。現在回想起來，那還真是開心的作業呢。」

原本一直掛著沉痛表情的長老，露出一絲絲的微笑。

「我明白了——」

「那是怎麼決定的呢？是某人像寫小說那樣創造出來的嗎？」

奇諾問道，長老搖搖頭說：

「不，是大家決定的。那個時候最重要的，是聲音要夠大。」

「啊？」「什麼？」

奇諾與漢密斯都出聲反問。

「就是聲音要夠大。當眾人集合在一塊，由議長出題『那麼今天我們決定三百九十八年前所發生的事情，發生在這一年冬天的有哪裡事情？』，然後大家再你一言我一語地大喊。像是『出生了許多黑羊！』，或是『連續下七天的雨之後，天空出現了好大的彩虹！』，或是『叫╳╳╳的男人開了新的水路』等等。」

「然後呢？」「然後呢？」

「議長再從中聽取，也就是把聲音最大的意見，納入這國家的正史。然後記錄在石板上，以便教導孩子們。像是『你們生長在擁有七百多年歷史，令人驕傲無比的國家哦』……」

老婆婆微笑著，是看起來非常非常寂寞的微笑。

「後來過了好幾年，連捏造歷史的我們都愈來愈不清楚事實究竟為何了。在禁止將真相寫成文章流傳，教導孩子們這些假像的過程中……當時來到這國家的人們，只剩下我還存活在這世上。」

奇諾與漢密斯默默聽她的告白。

「我大概也快不久於人世，最終將變成沒有任何人知道整個真相。建、建立這國家的人們……拯救我們這群流浪者的人們，假如哪一天他們的子孫回來了，然後正當主張『這裡其實是我們的國家』——這國家的孩子們該如何是好？儘管如此，我也……只能夠束手無策。一度失去的過去，永遠不會再回來。而教導子孫虛假歷史的過去並不會消失，但真正的過去也永遠不會再現。而我們對子孫們做了無法挽救的事情。」

然後老婆婆最後對旅行者這麼說：

「請你們，務必記住曾發生過那種事情。」

表情悲傷的她仍然露出微笑地說道。

「記得我曾經是罪人這件事。」

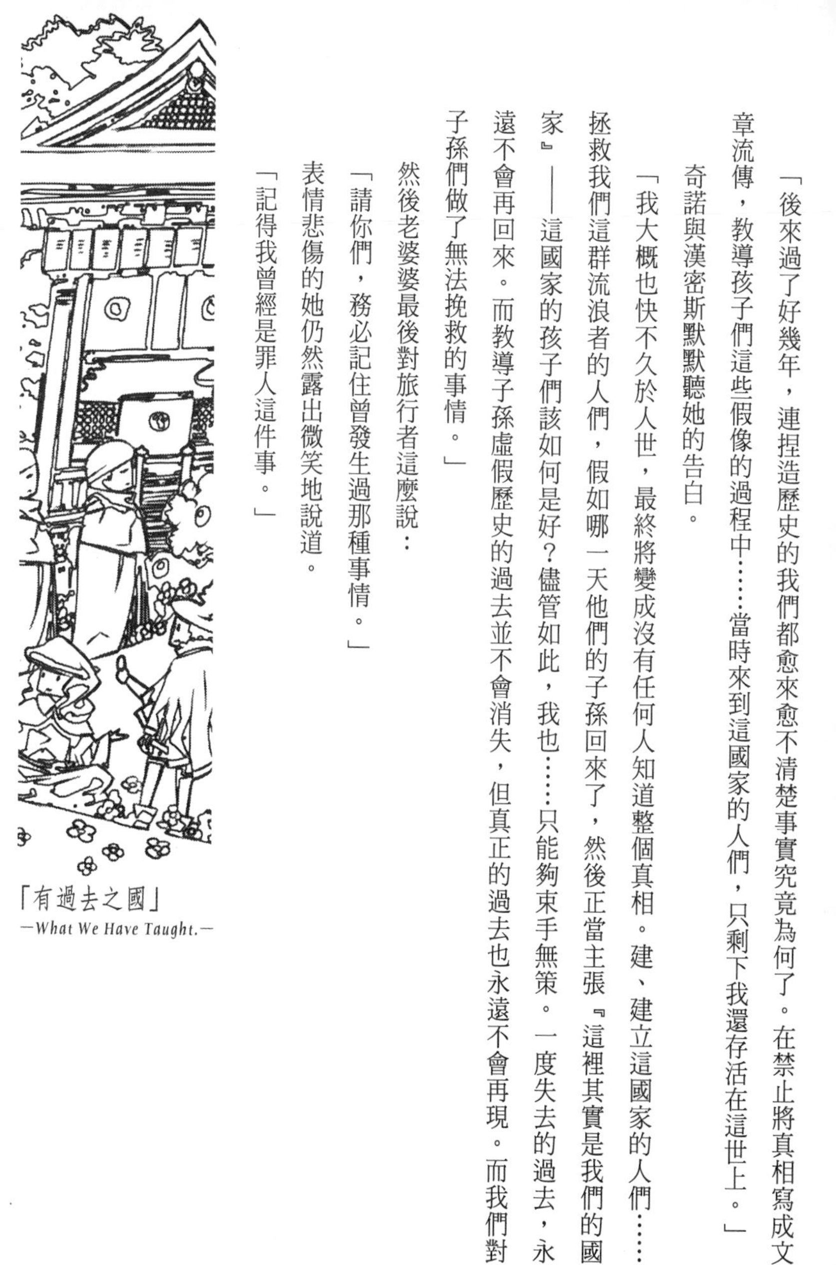

「有過去之國」
—What We Have Taught.—

在衛兵們及長老的目送下，奇諾與漢密斯背對著他們往前進。

他們順利地在堅硬的石頭上奔馳，不久就看不到城牆了。

漢密斯問：

「妳覺得呢，奇諾？妳到死都會一直記得那個國家與老婆婆的事情嗎？」

奇諾邊看著前方的仙人掌與岩石構成的地平線邊說：

「不曉得耶……當然是不可能馬上忘記，但是說到死都記得，這我倒是沒自信。」

「說得也是呢。」

「那位老婆婆可能到死都會擔心國家原來的主人出現，但奇諾妳大可以說一個謊啊？」

「嗯？什麼謊？」

「像是那個國家被某個叫做『師父』的可怕旅行者，一怒之下把全國人民都殺光光，因此大可以放心不會有人搶回這個國家喲。」

「如果是師父，的確可能那麼做呢……只是不曉得有沒有真實感。」

「如何？」

「你問我『如何』……但我最不會說謊了。」
「就算是說謊，若持續下去有可能變成真的歷史呢，就像剛剛那個國家。」
「這個嘛～話是沒錯啦——究竟什麼是『真正的歷史』呢？」
「應該就是『所有在那兒的人的共同想法』吧？」
漢密斯很乾脆地回答。
「………這個嘛～說得也是呢。」
奇諾想了一會兒以後也同意漢密斯的說法。
然後過了三十秒左右——
「奇諾也創造點什麼歷史吧。」
漢密斯忽然很開心地說道。
「什麼？」
「如果把想到的酷炫事情當做『過去曾發生的事情』，就會覺得『我也有一段驕傲的過去！』

而抬頭挺胸地活下去！就算在其他國家也能引以為傲呢！奇諾接下來要不要自稱『我是某國家的公主，其實是擁有許多金銀財寶的富人！』呢？」

不悅的奇諾，領巾後的嘴角也跟著往下拉。然後——

「才不要呢，我不需要那種虛假的輝煌過去喲。能夠像這樣活著四處旅行，對我來說就已經足夠——漢密斯呢？你想要什麼樣的輝煌過去？」

「嗯——有什麼可吹噓的就盡量吹噓。」

「不然，幫你創造一個吧。」

「喔！務必拜託了。」

「『叫漢密斯的摩托車是——」

「嗯嗯嗯。」

「其實非常遵守時間，早上不需要任何人叫就能跟著黎明起床，而且準時到不需要鬧鐘』。」

「…………」

「怎麼樣？在過去擁有早起歷史的漢密斯？」

「拜託，那是以前的陳年往事喲。現在的我，不過是區區的摩托車罷了。」

「才沒那回事呢！我覺得漢密斯，是只要有心努力就辦得到的摩托車！好了～回憶過去吧！從

明天起請對自己有信心。」

「呃——嗯，我還是不需要那種過去。」

「對吧？」

摩托車繼續奔馳在岩石大地。

「有過去之國」
—What We Have Taught.—

第四話

「芙特的生活」

—the Beautiful Moment—

第四話「芙特的生活」

—the Beautiful Moment—

「從那天起」—Since I was Born.—

沒有人知道摩托車是如何誕生的。

為什麼會說人話？

為什麼說人話又沒有人感到驚訝？

這世上的人都不知道，說起來，不知道也不覺得奇怪。

話雖如此，我也不知道。

雖然我就是摩托車。

「我回來了！蘇。」

當我在窗外透進來的溫和春日包圍下打盹的時候，門突然被用力打開，這小屋的主人回來了。

主人是人類。

性別是女性。

年齡是十七歲。

她一向把烏溜溜的長髮綁在後腦勺，但剛剛把髮簪拔下來，剎那間整個落在背後。

她穿的是毫無女人味，但方便行動的工作牛仔褲與長袖襯衫，再罩上一件有許多口袋的背心。

原本掛在她肩膀，但現在放在地上的，是鋁製的一只大箱子。

裡頭放著單眼相機、數個可替換鏡頭還有底片。

「嗨～妳回來啦，芙特。」

我如此說道。

她的名字叫芙特。

當然那不是本名。

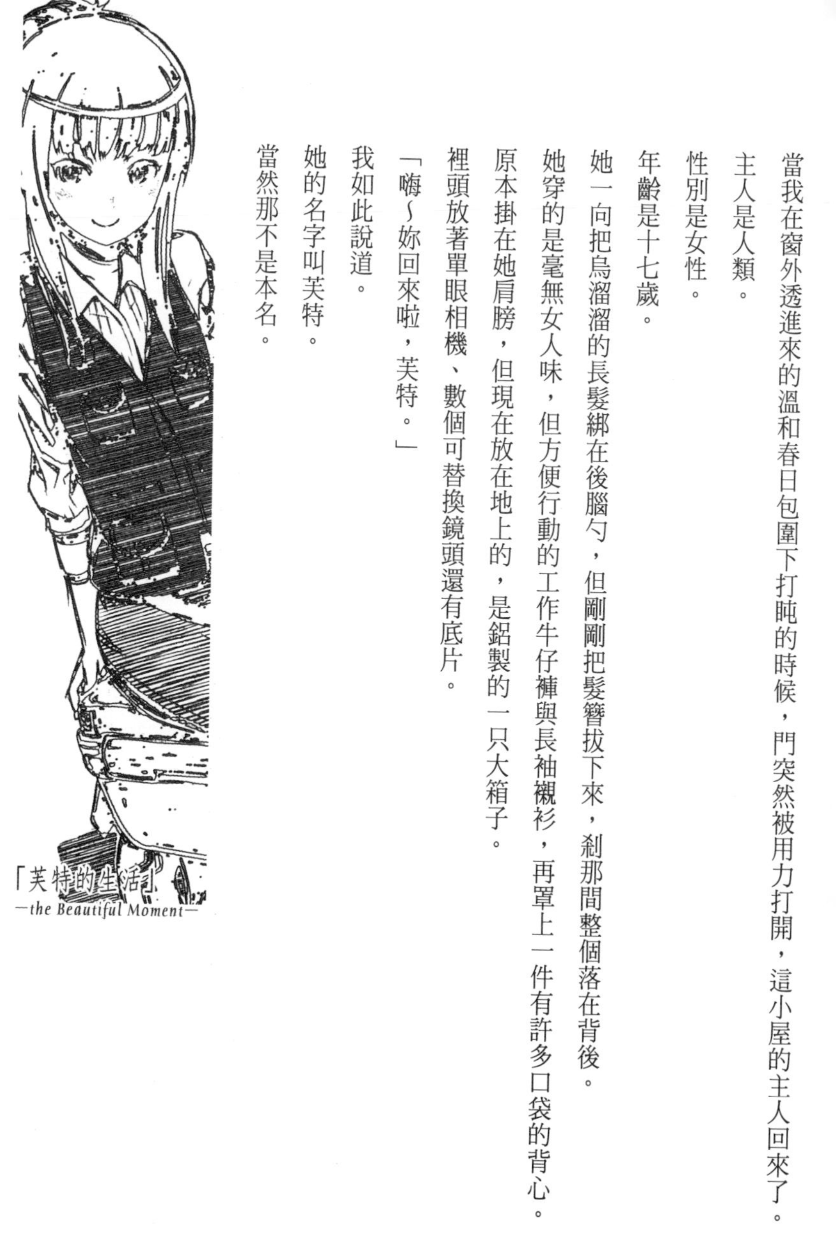

純粹是暱稱而已，這國家的人都這麼叫她。

她——

曾經是奴隸的時候並沒有名字，在那之前的名字也早已不在。

＊　＊　＊

我還沒見過有人命運像芙特這麼多舛。

若翻遍全世界，或許有命運比她更多舛或坎坷的人吧，但我無意尋找。

這名少女是孤兒。

小時候她雙親跟祖母都還健在，但是在芙特還沒確定是否要上學的時候，他們卻因為傳染病而相繼過世。

那個國家是由單一宗教統治的，設有收養那種孩子的孤兒院。而芙特在那裡生活將近十年。

所以，只要嚴格遵守當地的戒律，隨著年紀的增長生兒育女，到死以前應該都能在那個國家生活吧。

芙特（當時是別的名字）實際上就是那樣的孩子。她不僅聽話，也被教導成只曉得遵守規則與禮貌的「乖寶寶」。

但事實上，她是以很棒的理由離開那個國家。

還以為只有摩托車可以這麼做，結果人類也能用這種理由離開國家呢。

也就是——被賣掉。

當時，那個國家人稱「教祖」的國家領導人，因為要付給前來商人的寶石數量只差一點點而傷透腦筋。那一年這國家的名產——寶石的生產量較少。

商人們當然不是慈善事業家，因此說這樣東西就不賣了。

教祖傷透腦筋。

這是我自己想的，若沒有那個東西，就無法以國家領導人的身分逞威風吧。而且，地位還可能不保吧。

於是教祖把在孤兒院的芙特當做支付費用交給商人們，要他們把她當僕人使喚。

雖然不曉得芙特被選上的理由，但她做事很勤奮。如果真是那個理由，還相當諷刺呢。

「芙特的生活」
—the Beautiful Moment—

了不起的教祖吩咐「既然寶石不夠，那賣人不就得了」，於是芙特恭恭敬敬地接受這指示並成為僕人。

僕人這名稱雖然好聽，但實際上根本是「奴隸」。

於是，芙特便坐上這個商隊的卡車，她離開國家是距今一年前的事情。

商人們把芙特當奴隸對待。

商隊隊長與他家人，其部下與其家人，整隊共計三十人，分成三輛卡車到處做生意。芙特被那些傢伙像拉馬車的馬匹般使喚，還得被他們虐待洩忿。

言語上的臭罵是一定有的，有時候還會對她做陰險的肉體攻擊，三餐的份量也非常少。

那麼，生活在環境那麼悲慘的芙特又如何活下去呢——她還是跟以前一樣，拚命工作。

因為，這傢伙基本上是個白癡。

芙特出生的國家有許多像是「所有的人類都是朋友」，或是「愛會拯救世界」等等偏離現實的幼稚戒律。而大多數的人都相信那些說法。

那國家的國民，全都充滿慈愛之心，認為這裡是全世界最美的國家。

實際上卻是那個教祖統治的獨裁國家，不過國內百姓並不知道。而知道真相的，應該跟教祖一樣都是只會中飽私囊的傢伙吧。

所以芙特也真的相信人、不懷疑人、不欺騙人、不傷害人，堅信只要愛護所有鄰人，就會有美好的人生。

即使離開國家變成奴隸，芙特還是很認真很認真地工作。

商人們都嘲笑那樣的芙特。

老實說，連我都笑她。

笑這傢伙太白癡了。

笑她在這世界應該活不久呢。

不過，人的命運——真的無法說定會有什麼樣的轉變。常言道，「前途莫測」。

這事情發生在芙特當奴隸好幾天以後的某一天。

在看得見腳下雲海的山岳地帶，那一天在商人們的營區發生了很有趣的事情。

他們不知不覺中，把生長在那附近的某一種草拿來煮，而且所有人都把它吃下肚。那種草在平地是可以食用且極為普通的野草，但唯獨生長在高地就會含有毒素。

不過，這也要怪不知道的人且沒發現到的人太笨了。

那算是渺小，卻會致命的失誤。

吃過那種草的人，全都痛苦地在地上打滾到死。但只有芙特活了下來。

嚴格說的話，芙特原本也想吃那道料理。

這白癡實在不需要說出來的，她在大家吃那道料理以前，察覺到那是毒草，因此想警告他們不要吃。

但是，後來沒有那麼做。

這個嘛──這或許應該說是「一時的猶豫而說不出來」，儘管在當下有很多外來因素，但結果就是只有她自己倖存下來。

她本人似乎因此煩惱了一陣子，但關我什麼事啊！

結果商人們全都死翹翹，而芙特得到自由。

在卡車的載貨台上，我跟芙特第一次見面。

為了賣錢而當做商品好一陣子的我，長久以來都找不到買主。是因為小型又是摺疊式的，也就是奇怪的摩托車？——不准說！

一直待在載貨台的我，倒是第一次這麼清楚看到芙特的模樣。

她的身高大概是一百五十五公分吧，身材不胖也不瘦，那幾天的奴隸生活讓她憔悴不少。她頭髮是黑色的，縱使綁在後面也蓬頭垢面的，如果解開好好梳理的話，應該相當長呢。

現在我也跟芙特一樣獲得自由了。

而且我也厭惡被擺在這種地方，因此我教芙特怎麼開卡車，為的是要逃離這個地方。還有順便把值錢的東西全搶下來，載到卡車上。

但是要把認為「這是小偷的行為」而超厭惡這麼做的芙特，連哄帶騙地說服，可是花了我許多心力。

「妳仔細想想嘛！那些錢可以救人耶，所以很需要吧？」

這麼說才終於讓她行動。

「芙特的生活」
—the Beautiful Moment—

雖然我是站在她的立場著想，但這傢伙是否理解就不知道了。

我命令芙特把所有東西全往卡車上搬。

另外兩輛卡車是商隊隊長全家的寢台車，與生活必需品運輸車，因此只要開走裝商品的卡車就可以了。

堆在上面的是今後需要的飲水與食物、從其他卡車搬過來的燃料、從屍體拔下來的珠寶飾品及性能不錯的說服者等等武器彈藥。

原本穿著粗服的芙特，我要她從商品裡找出方便行動的衣服換上。於是她穿上長袖襯衫、長褲並戴上有帽簷的帽子，看起來有點千金小姐冒險家的感覺。

接著卡車就在芙特那岌岌可危的駕駛技巧中，開始往前進。

接下來，我們的旅程開始了。

為了讓芙特活下來，還有我也為了不想在這種地方生鏽毀壞——

無論如何，都得找個國家找個人住的地方安定下來。

當然，不能回她的故鄉。

可以的話，我也希望盡量不要去附近的國家。有關芙特的消息若經過口耳相傳，那個瘋狂教祖很可能會說「這些是我國的物品」而來拿走。

卡車沿著滿是碎石子的道路前進好幾天。

只要道路沒有中斷，應該有一天會抵達某個國家的。途中若遇到三叉路，因為這我也沒辦法選擇，就交由芙特的第六感決定。

雖然是非常自由又我行我素的旅行，但也是充滿危機的旅行。

這輛只搭乘一個女孩，而且還載滿商品的卡車，是最棒不過的獵物呢。

我認為如果有盜匪出現——不，就算不是盜匪，而是有一點點邪念的成人——這傢伙應該都不會有救。

幸運的話又跟以前一樣當奴隸，倒楣的話就是被殺。

若真的變成那樣，也只能死心感嘆她的命運就是如此。

這是題外話，為了稍微提升不會變成那種下場的可能性，我試圖要教芙特如何使用說服者，但是她卻抵死不從。

「芙特的生活」
—the Beautiful Moment—

若回想起那群商人中最後死掉的男子，也難怪她會這麼抗拒。我也重新思考過，就算教她射擊也不可能厲害到馬上就能夠戰鬥的程度，因此就放棄了。

這一路上因為沒有其他人，我跟芙特說了不少話。

決定芙特的新名字的，是我。

叫做××××・××××，是我轉動沒有大腦的頭想出來的。

芙特也非常喜歡呢──

芙特獲得自由已經過了十三天。

那幾天除了有一天因為大雨而能見度不佳，否則幾乎就是一直往前行駛。

我一直待在載貨台上，芙特一直待在駕駛座。因為無法輪流開車，這也是沒辦法的事。

芙特拚命繼續不熟練的駕駛，她也省著攝取糧食與水（幾乎是一天一餐），晚上則躺在駕駛座睡覺。

這十二天以來每天都行駛一兩百公里，我們不知不覺中移動了相當遠的距離。

從山岳地帶穿過荒蕪的荒野，行駛在廣大的湖畔及大河邊。那段期間我們看到不斷變換顏色的天空，以及許多動物。

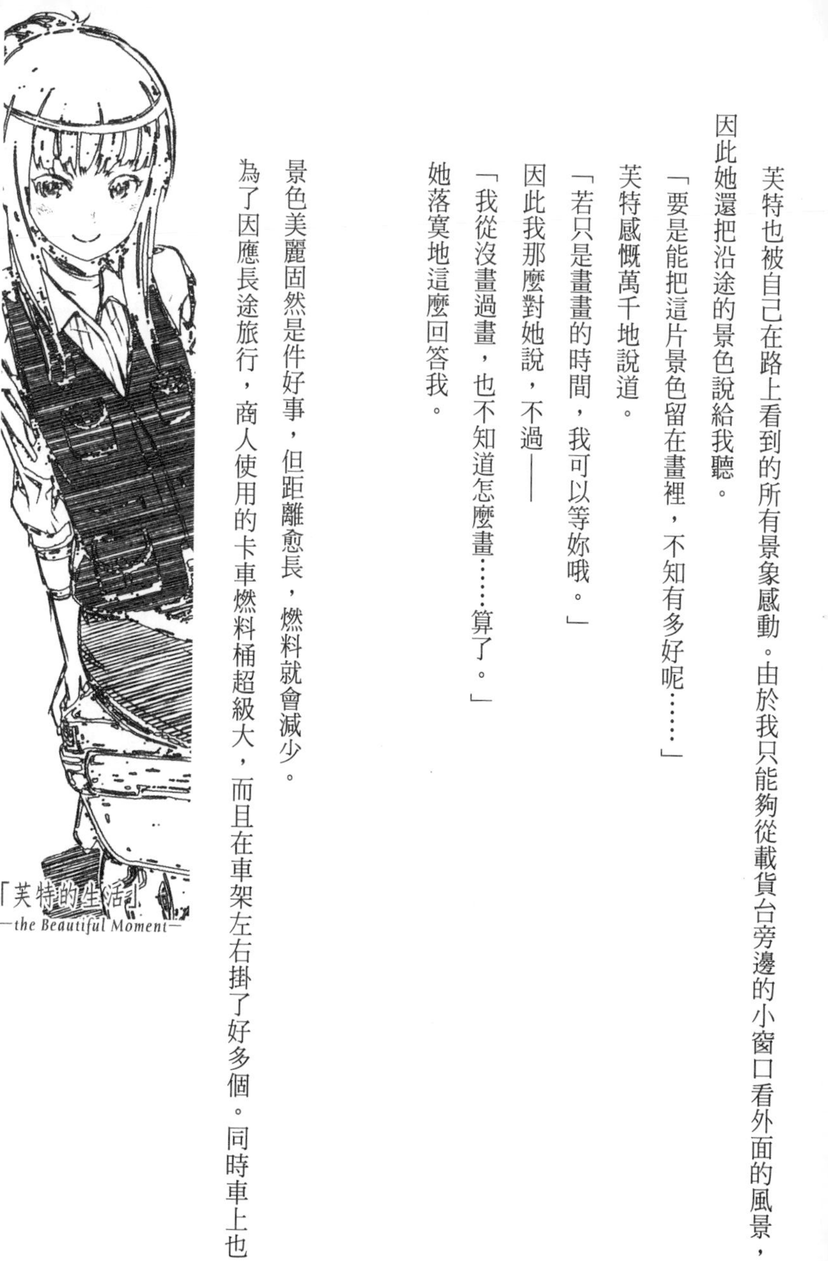

芙特也被自己在路上看到的所有景象感動。由於我只能夠從載貨台旁邊的小窗口看外面的風景，因此她還把沿途的景色說給我聽。

「要是能把這片景色留在畫裡，不知有多好呢……」

芙特感慨萬千地說道。

「若只是畫畫的時間，我可以等妳哦。」

因此我那麼對她說，不過——

「我從沒畫過畫，也不知道怎麼畫……算了。」

她落寞地這麼回答我。

景色美麗固然是件好事，但距離愈長，燃料就會減少。

為了因應長途旅行，商人使用的卡車燃料桶超級大，而且在車架左右掛了好多個。同時車上也堆了許多從其他卡車拿來的燃料桶，芙特也加了好幾次油。

然而那個時候，所有燃料幾乎快用光了。

燃料一旦在大自然中用盡，那麼芙特的命運也將到此為止。

那裡是格外寬廣的森林地帶正中央，眼前所見的只有初夏的綠意。這件事發生在第十四天，天氣晴朗的早晨。

泥土路是乾的，幸好路面沒有凹凸不平，氣候也不錯。

我對芙特說道：

「喂，妳聽清楚了。今天是最後了結的日子，一旦燃料用罄，就算只是妳一個人也要背著行李繼續往前走哦。在水跟食物用完以前，應該還剩幾十公里可以到下一個國家，或許要再走更遠也說不定。在最後的最後一刻以前，千萬不能放棄希望哦！為了活下去，一定要持續奮鬥喲！妳應該辦得到吧？至於我——就可以忘了。」

這些台詞實在很感人落淚，就在講完沒多久——

「蘇！有看到什麼了耶！」

芙特如此說道，因為那是圍著國家的城牆，害我當下超尷尬。天哪~真是遜斃了。

剩餘的燃料似乎能勉強抵達那個國家。

「太好了！是國家！可以不用丟下蘇耶！」

這個時候，我心裡有個想法。

這傢伙，芙特她——該不會天生就是個超級幸運的傢伙？會不會是受幸運女神眷顧的人呢？

雖然我又覺得應該不可能，但進了那個國家以後我終於明白。

我並沒有猜錯。

雖然好不容易抵達國家，當然也不能完全放心，認定一切都安全。

搞不好會像芙特出身的國家，是早就從根都腐爛的國家，現在正發生激烈的內戰。

或者用有的沒有的理由，拒絕我們入境。

眼前看得到的只有外側的城牆，有可能裡面的所有國民都滅亡了呢。

就算是很糟糕的國家，如果裡面還有人且能夠入境的話，可以把能賣的東西賣掉並取得燃料，再繼續朝下一個國家前進。反正，卡車上載了許多值錢的東西。

不過，那國家若沒有科學技術，也有可能沒有使用引擎這種東西。那樣的話也無法取得燃料。

「儘管如此，就靠幫忙農事過活不就得了！我會拚命工作的！」

在駕駛座的芙特元氣十足地說道，但是……不，她那麼做的確沒問題，但是我該怎麼辦？沒有燃料的摩托車，就成了裝飾品哦？開什麼玩笑！

「對不起……對蘇來說，上面能夠載著人到處奔馳是最幸福的吧……對不起。」

妳也沒必要露出那麼悲傷的表情吧。

儘管如此，反正我還是不斷祈禱，拜託一定要有燃料啊！

總歸一句話，重點就是燃料呢。

那個國家非常廣闊，城牆……圍住國家的圓形城牆，看起來像條直線。

當我們一靠近城門，衛兵就出來命令我們停車。

從芙特口中得知他們穿著制服還拿著步槍，這一點令我稍微安心了。最起碼這裡住了會使用說服者的人類。

衛兵看到大卡車上只有芙特一個人，感到非常驚訝。那也難怪啦。

接下來就照我們事先說好的，芙特不要說話，由我出面溝通。

我說芙特跟我基於某些狀況而到處行商，還說我們想做買賣，希望申請入境。

要是忽然間說「我們是流浪者，請讓我們在這國家定居」，很有可能會被拒絕入境。

等了相當久的時間，總之我們得到入境許可，並且叫我們前往位於國家中央的某個市場，要我們在那裡做買賣。

由於這國家幅員遼闊，因此士兵說會在前面幫忙帶路——Bravo！從車庫出現一輛小型四輪驅動車，這裡有燃料。

因此立刻拜託士兵賣燃料給我們。首先就把從商人屍體上奪取的一支上面有精美雕刻的刀子賣出去。眼前先解決燃料的問題比較重要。

接著我們的卡車便跟著前導車在國內奔馳，我們走在兩邊都有農田的道路上。

這兒的道路是在壓硬的泥土上，整齊鋪上的石子鋪設道路。雖然有其他車輛往來，但芙特現在的駕駛技術已經變得不錯了，因此沒有出現偏離車道的狀況。

但話說回來，這國家還真大。

雖然我們前往這國家中央的時段是早上，但抵達目的地已經是傍晚，老實說我真的嚇到了。

從路上所看到的景色判斷，這兒的科學發展技術指數可以說算是馬馬虎虎吧。

這世界的技術發展一向是依各個國家而定，有到處可見電腦的國家，也有連內燃機都沒有的國家。

就目前所看到的，雖然有利用引擎發動的車輛在路上奔馳，但怎麼看都不是主流交通工具，農耕機具是靠馬或牛拖拉，自用車似乎還很少。

由於國土遼闊的關係，到處可見設有大型建築物的城鎮，但國土大多還是農地。因此，糧食看起來很豐富的樣子。

原以為這裡是土地平坦的國家，想不到有幾條河川，到處可見大型湖泊，也有相當高的山，景色還真讓人百看不厭呢。

芙特也對初次看到的風景訝異地目瞪口呆。那是因為旅途中，雖然看過什麼也沒有的空曠大自然，卻沒有看過有人居住的廣闊景色。

芙特喃喃說了好幾次「好廣闊也好美的國家哦～」

我們穿過好幾個城鎮（每次都以為已經到中央了，結果並不是），中間也做了休息，直到傍晚好不容易抵達的地方，果然是這一路上最大的城市呢。

當我們來到國家中央，自用車的數量不僅變多，街上也有路燈。儘管國土遼闊，卻不見超高層大樓。

「蘇，原來人類有能力建造那麼大型的建築物啊……好厲害哦……」

但是卻建造了令芙特感動，像要塞那麼巨大的巨蛋建築物。

差不多是時機了呢。

「這個嘛~是還不賴……應該啦。」

我含糊地說道。

我之所以那麼說，是因為在路上芙特曾拜託我，若找到不錯的國家就會要求留下來定居，但希望能讓我做最終判斷。

我講話會這麼含糊不清，是因為這國家的確不錯。

從街道是否骯髒就可以看出這裡的治安是否良好，如果既不髒亂也沒有乾淨得很異常，那這國家的治安就算不錯。

而這裡既沒有內亂也看不太出有什麼極端的貧富差距，人口也沒有過多的現象，加上因為國土遼闊的關係，農地佔地也大，也不會有什麼糧食問題。

突然就讓我們遇上這麼理想的國家——會不會是什麼陷阱啊？

這時候的我，反而很認真地考慮那種事情。

我們被帶到位於大馬路旁邊，寬敞但細長的空間。

雖然名為露天跳蚤市場，但現在帳篷、桌椅都摺疊起來，看起來冷冷清清的樣子，應該是還沒到營業時間吧。

當我們停下卡車等待，不久有一群人——約二十來個——蜂擁而來，都是成年男女。

因為想跟他們說話，於是我終於在睽違幾十天後，被人從載貨台抬下來。

由於我的龍頭是摺疊起來，看起來就像是裝了車輪的箱子，使得大家都覺得很神奇。

這時候一名看起來高大且西裝筆挺，臉上留著鬍鬚的中年男子，自我介紹說是這國家的一名政治家。雖然不清楚政治家怎麼會出現在這種跳蚤市場，但那傢伙開口詢問我們：

「很抱歉這麼直接問你們，到底是什麼原因，使得一名少女跟摩托車在沒有護衛的情況下，開著卡車四處行商呢？」

這個嘛～也難怪對方想知道，畢竟太不尋常了。我能夠了解買家不願意向那種可疑的商人購買商品的心情。

當對方這麼問的時候，我謊言都已經捏造好了。

就是芙特的父母為了讓她學會獨立自主，因此要讓她嘗試自己一個人能夠做到哪些程度的設定。

而她的父母與護衛都在境外等候，等芙特出境就上前迎接她。

這麼說的好處，是如果國內的人們不是什麼好東西的時候，若他們試圖攻擊芙特並搶奪她的物品，這算是對他們施壓，警告他們這麼做會被外面人的知道。

就在我緊繃神經，心想「那麼，開始說這個謊話吧」的時候。

「我全招了！大家都死了！」

咦？

「我是商隊的僕人，但商人們全因為吃到毒草死掉了！」

是誰？是誰把真相說出來！——當然，只有站在我旁邊的黑髮少女，芙特說出來了。

「什麼——」

我訝異地說不出話，她怎麼那麼笨，全老實說出來了。

照妳那種說法，這些商品很可能全被搶走哦？若說「是撿來的」，這世上都還有多到數不清，認為「那我搶走也沒關係」的壞蛋。

就算不是撿來的，都有瘋子敢主張說「這原本是我的東西」呢。

不過，已經太遲了。那位自稱是政治家的大叔說：

「是嗎……可以請妳詳細說明嗎？」

他的表情乍看之下很溫柔，那雙眼睛一面閃著可疑的光芒，一面要芙特坐下。看來是要細細長談呢。

啊——啊……我不管了啦！

在這之前有好幾次都驚險過關了，這下子在最後關頭或許會墜入無底深淵呢。

我什麼話也沒說，聽著芙特把所有真相都說清楚。

她的話沒有一絲虛假，完全沒有。芙特甚至把原本想救商人們，但因為一時的猶豫而沒說出口的事情也說出來。

芙特把所有真相說出來之後又這麼說：

「卡車與商品，本來就不是我的東西。所以，我願意給這國家所有人。但是，請讓我住下來好嗎？不管什麼地方都行，我會拚命工作的。」

哇……

妳拋出所有利益，願望就只有這麼一丁點啊？

卡車與所有商品若正常販賣的話，可會讓妳變成大富豪耶？

看到這麼死腦筋的芙特，讓我很懷疑她是不是得了什麼重病？這位小姐沒聽過「為人正直較吃虧」這種意義深長的話嗎？

我真的傻眼了，別說是生氣，連說話的力氣也沒了。算了～隨便妳啦！

然後芙特在最後說了最後一句話：

「芙特的生活」
—the Beautiful Moment—

「至於蘇，希望能託付給能夠寶貝他並騎乘他的人。」

怎麼這時候還在替我擔心啊……我快哭了。

政治家大叔與其他人都一語不發，表情嚴肅地聽芙特說話。

芙特結束相當驚人的演說之後，政治家對我這麼問：

「你有什麼要補充的嗎？」

「沒有——全都跟她說的一樣。」

我自暴自棄地回答。

然後——

「我了解了，所有物品將毫不留情地沒收。之後將會賣出，所得的費用全都繳入國庫。至於你們會得到一點點酬勞，你們就拿著那些錢離開吧。」

我還以為政治家大叔會表情平靜地這麼說——結果並沒有。

「知道了，所有謎題都解開了哦。」

什麼？

「正如妳誠實坦白所有真相，那我們也必須向你們坦白。」

坦白什麼？

「原本持有這輛卡車的商人，是常來我國的商隊哦。我們對他們相當熟識，本來他們應該在預定的幾天前來這個國家的。結果卻只有你們這一輛卡車過來，當下我們就知道可能發生了什麼不測的狀況——」

天哪！我們的謊言從一開始就被識破了啊！

「所以，雖然我們覺得不太可能，但如果真是你們搶劫殺人——應該會產生一些問題呢。」

哇……

「不過，聽過妳剛剛的說明，他們是因為自己犯的錯誤而全部死亡。你們做的不過是把掉落的東西撿起來而已。既然所有人全都死亡，你們還把那些東西帶到這裡，那就全都歸你們所有，然後——你們就跟他們一樣有販賣的權利。」

這樣說的話？

「為了幫你們把這些東西賣掉，我國將提議舉辦拍賣會。賣出物品所產生的稅金，當然就要你

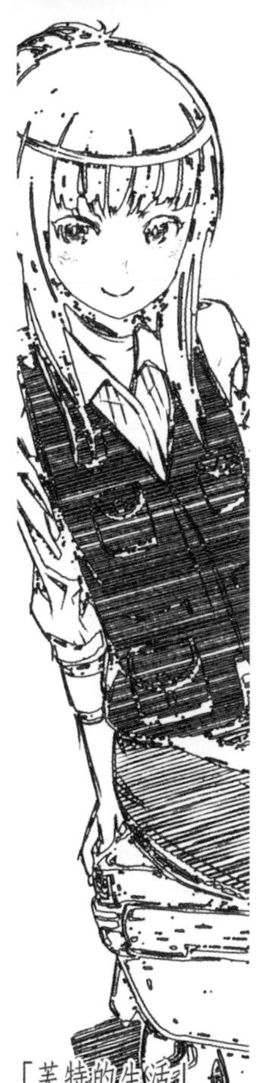
「芙特的生活」
—the Beautiful Moment—

們誠實繳納。而最後拿到的款項，要怎麼運用是你們的自由。如果你們願意誠實納稅、遵守法律好好過日子，我們並不會拒絕你們在此定居的。這提議怎麼樣？」

「……？」

芙特好像還在狀況外的樣子，因此我簡單對她說：

「總而言之，妳可以在這個國家住下，而且變成大富豪哦！」

為人正直有好處——這種事偶爾也是會有的。

後來在短時間內發生了許多事情。

首先，國家下令不公開有關芙特的詳細個人資料。雖然這國家有廣播電台跟報紙（還沒有電視），但一切都得遵守新聞報導的規則。

這有兩個理由。

首先，是為了隱藏芙特變成富豪的事實。

由於政府批准芙特移民，因此她變成這國家的國民，但同時也變得相當有錢。為了以防萬一，那件事最好還是不要公開。

第二個理由是，萬一商人們的朋友造訪並知道來龍去脈的時候，可以不讓他們有機會主張物品的所有權。

總不能讓國民花錢購買的商品又被搶走。之所以把他們叫來空無一人的跳蚤市場，就是為了隱藏這件事。這國家的人個性挺不錯呢。

然後，拍賣會可說是盛況空前。

所有商品都以相當不錯的價錢售出，而且賣到一件也不剩。

而價格定得尤其讓人開心的，就是寶石跟貴金屬。

其中有幾件是商人們佩帶在身上的個人財產，當時芙特百般不願地從屍體扯下被口水與鮮血弄髒的寶石，現在賣出的時候她臉上露出了非常複雜的表情。

而我們一路開來的卡車，是被汽車公司收購了。

由於性能不錯的關係，將把它解體、研究，似乎是為了製造出相同的車款。不過會把它解體，應該也是為了不被商人的伙伴發現這件事吧。

接下來這是發生在那場拍賣會之前的事情，看著將商品列入清單的拍賣公司職員與芙特，我這

麼說：

「如果你們願意聽我這輛摩托車一個願望，那就是不要把我送上拍賣會。我覺得這位沒大腦的小姐，仍需要有人在旁給予指導。而那就是我。我覺得似乎有必要再跟這傢伙相處一陣子呢。」

芙特雖然訝異地瞪大眼睛，但拍賣公司職員則乖乖照我的話做。

「還有一件事。擺在步槍旁邊的三個銀色箱子，請不要登記在清單上，那些是這位小姐以後用得上的東西。」

芙特不解地歪著頭，因為她不知道裡面是什麼東西。

拍賣結束一陣子之後，芙特的銀行帳戶一口氣收到事先扣除過稅金與手續費的匯入款項。

雖然我事先調查過這國家的物價指數，不過那還真是一筆讓人看了會相當開心的金額。

講白一點的話，可以讓芙特接下來的十年邊玩邊過日子。若省一點用的話，應該就三十年吧。

「我才不要那樣呢！一天到晚就只是玩，根本就沒有什麼好處！」

芙特真的生氣了。

「妳只要不花那筆錢不就得了？」

「那不然——捐出去！可以幫我聯絡哪個慈善團體嗎？」

「妳這個混蛋！反正先冷靜下來，未來我們再慢慢思考要怎麼花那筆錢。妳聽好了，千萬不要亂花！呃——……對了，就是那個。這是我跟妳一起賺的錢沒錯吧？所以妳不能獨自決定怎麼使用，至於我，也不會擅自使用。我們一定要商量過再決定，這樣妳覺得如何？」

這些話終於說服了芙特。

天哪～累死我了。

那麼，既然決定在這個國家生活，就有必要找地方住，總不能一直住要付錢的飯店。

「如果要幫忙農事……我覺得住農地附近比較恰當。」

這位小姐又～講這種話了。

我請她把這國家的不動產業者找來，再斟酌不錯的房屋。

位於國內中央的郊外，一條叫「波普拉大道」的旁邊，有一棟面積小，構造也堅固的平房在出租，因此就是那裡了。

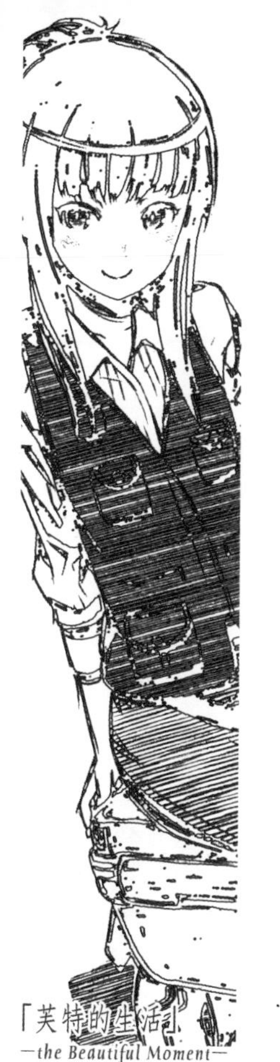
「芙特的生活」
—the Beautiful Moment—

即便地處於人口眾多的都會區，但因為附近都沒人而給人過於鄉下的感覺，所以租不太出去。

當我們去看屋的時候，看到這備有四個房間的房子——

「房間這麼多該怎麼辦啊？」

打從心底感到訝異的芙特如此說道。

看來她的感覺似乎跟一般人不同呢。

搬到新家以後，也跟附近鄰居（不過，因為地處郊外，鄰居都離得相當遠）打完招呼，然後就開始了芙特跟我的新生活。

然後第一天，把少少的行李重新整理過之後——

「好閒！我想工作！」

芙特就說了那種話。

雖然她是那麼說，但她腦袋是秀逗了嗎？這位小姐還真是個工作狂呢。

話說回來，芙特一直沒正常上學過，太難的工作是做不來的。

「所以，我可以做農事啊！」

問題是，有錢的小姐為什麼要做農事啊！

「栽培食物是非常高尚的工作喲！」

那就交給專業的去做啊！對這國家的農業一無所知的妳就算去幫忙，也只會礙手礙腳而已。

「不然到挖掘寶石的工地工作！我很擅長從泥土裡找到東西！」

那是不錯啦，但是這個國家沒有那一類的工作！

「那不然——去搬行李！」

妳那瘦巴巴的手臂能搬什麼東西啊！

「天哪～我想做點什麼工作啦！」

要不要乾脆從現在開始乖乖上學念書呢？反正妳還年輕，況且學費不管是多少都付得起吧。

「我想做點什麼工作啦！」

真受不了妳耶。

我稍微認真跟芙特談過以後——

「對了！喂，妳把那個銀色箱子打開來看看。」

我們把那個時候沒賣出去，後來因為忙得昏天暗地而忘記它的存在很久的箱子打開了。
芙特用很意外的表情，看著擺在裡面的黑色大型單眼相機，以及數個可替換的鏡頭。
「那是光學機器，千萬別掉地上哦。」
「這個……是什麼機器啊？」
我告訴完全不懂照相機的芙特——
「是不用畫成畫作，把景色留下來的魔法道具。」

接下來，芙特暫時對攝影熱衷起來。
加上她知道有在賣這種規格的底片，於是大量買進正片（或者負片），然後一股勁地拍照。當然她自己無法沖洗照片，只能夠找職業攝影師所使用的沖印店。
對於連相機的存在都不知道的芙特，要從零開始教起實在很辛苦——不過也挺有趣的呢。
原則上這傢伙很嚴肅，也有專注力，因此馬上就學會怎麼使用，算是優秀的學生。
當她把第一次沖洗出來的底片，擺在燈箱看的時候。
「是魔法……好棒哦……」

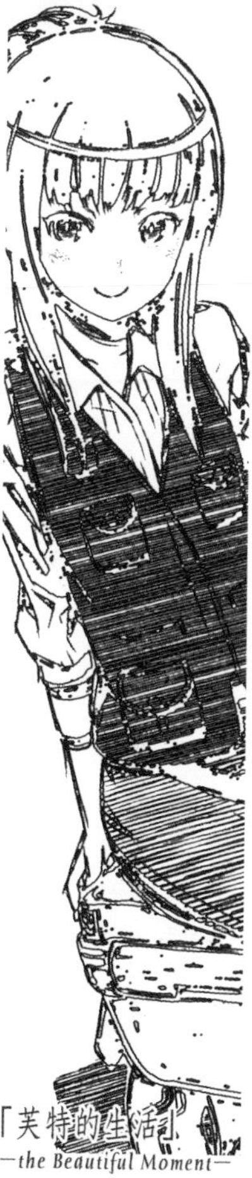

「芙特的生活」
—the Beautiful Moment—

芙特透過放大鏡一直看，彷彿僵在那裡似的。

之後，芙特便滿足於拍攝照片，她持續不斷地拍攝，技巧也愈來愈好。

同時，她駕駛我的技術也變好了。

既然煞費苦心把我「帶在身邊」，若不會騎也是很傷腦袋，所以我也教她騎摩托車的技巧。芙特在故鄉有腳踏車，而且有騎乘的經驗，那真的幫了我不少忙。

芙特騎著我出門拍照，每天就只做那件事。

說起來這算是連日到處遊玩——但她本人似乎沒察覺到。

只要有喜歡的事情，每天都會沉迷在那上面。芙特也是有一般年輕人應有的特點，這倒是讓我稍微放心了。

芙特先拍攝國內的景色，這國家有許多農地創造出來的美麗景色。後來光拍那個主題並無法滿足她，於是她開始拍人與物的主題。

她把拍好的底片給人沖洗，再用放大鏡檢查。拍得不錯的成品，或者是個人中意的作品，就請沖印店沖洗出來，不過沖洗費用並不便宜。

雖然把那些照片都擺在家裡裝飾，但她又會加洗拍到別人的照片，當做是酬謝那個人的謝禮。

這國家縱使有相機，但還是很昂貴，實在無法普遍擁有。

像芙特那台超高性能的單眼相機，是企業或職業攝影師，以及極少部分的有錢人才能擁有。

極細緻又美麗的照片，任誰看了都會開心。

當芙特把某一家的農民聚集在家門口拍團體照，再把成品沖洗成大尺寸的照片送給他們，收到的謝禮是她自己一個人吃都吃不完的肉類與蔬菜（沒辦法只好再分配給鄰居，大家都很開心）。

在她熱衷攝影的這段期間——

「我方會提供謝禮，可以幫我（或家人）拍照嗎？」

零零星星有類似這樣的委託。

芙特根本就不管有沒有謝禮就爽快答應，然後開心地幫別人拍照、把照片沖洗出來給對方，讓許多人開心。

後來——

「在波普拉大道，有一戶會幫人拍照的人家。」

這樣的說法傳開以後，結果有愈來愈多人登門拜訪。

後來當她攝影技巧變得更為純熟——

「在波普拉大道，有一個女孩經營一家照相館。」

說法變成這樣，在不知不覺中變成店家了。

如此一來，為了變成正式的店家，於是我煽動芙特到區公所把我們的住處登記為「照相館」。甚至在玄關前設置信箱，以便接收信件的委託。我還曾考慮過靠電話接受委託，但沒人在家的時候也沒人接電話就打消這個念頭。

不管有沒有賺錢都還是得繳交稅金給政府，於是我們找了稅務專家幫忙處理會計事務。再來是決定拍照的費用，當然，要以能賺到錢為原則。

「咦——能稍微拿到謝禮不就很好了？」

那個時候我有點不爽芙特那麼說。

「妳在說什麼啊？如此一來妳就得到盼望許久的『工作』了？」

我略帶諷刺地說道。

「…………」

結果她露出過去從未見過的複雜表情而緘默不語。

就這樣，我們在波普拉大道開了一家招牌寫著「歡迎委託照相」的店家。

芙特她接受委託，然後騎著我外出攝影。也就是說，少女攝影師就此誕生了。

後來過了沒多久，不知道是誰就這麼稱呼芙特——叫她「芙特」，換句話說，她的暱稱就此誕生了。

至於我絞盡腦汁想的╳╳╳╳・╳╳╳╳那個很棒的名字，在這個國家並不受歡迎。唸起來不僅怪，而且又長，似乎也不太好發音。哼，很抱歉我就是沒品味啦！

因此，就把攝影的 Photograph（亦或是 Photographer＝攝影師）縮短成芙特（Photo）。

由於太多人叫她芙特，結果她自己也都用那個名字做自我介紹。而我也跟著那麼叫她。

＊　＊　＊

今天芙特也前往接受委託的地點拍照。

好像是幫距離不遠的某家幼稚園拍團體照。
我還沒見過有人命運像芙特這麼多舛。
成為孤兒、當過奴隸、差點沒命、變成流浪者、變成富豪，現在是攝影師。
在經濟上她並不匱乏，把想做的事情當做工作，每天過著快樂的生活。
過去在長著毒草的山上，她曾對商人的男性護衛這麼說：
「我一直把現在，當做是未來的試鍊。」
我不知道她現在是否還抱持相同想法，也沒問過。因為開開心心地拍照，被這國家的人們當成寶貝對待的芙特看起來很幸福。
每當我隱約想起那些事，並且在窗外透進來的溫和春日包圍下打盹的時候——
「我回來了！蘇。」
門突然被用力打開，這小屋的主人回來了。

第五話
「記者之國」
—*How to Be a Liar*—

第五話「記者之國」

—How to Be a Liar—

這是發生在某個夏日的事情。

奇諾與漢密斯正準備入境那個國家的時候，入境審查官問了他們一句話。

「很多旅行者叫『奇諾』這個名字嗎？」

奇諾回答：

「我不太清楚耶……應該是不多吧。」

「是嗎……不過與妳的年齡跟性別都不一樣，應該是另有他人吧。」

入境審查官如此說道，然後就允許奇諾他們入境。

「怎麼回事啊？」

漢密斯歪著頭不解地問道。當然漢密斯沒有脖子可以歪，因此這只是種比喻的表現。

「不曉得耶～」

總之奇諾先入境再說。

「旅行者妳叫『奇諾』這個名字啊……難不成——啊，不對，身高跟性別都不一樣呢……真是非常抱歉，我帶你們到房間去。」

飯店的櫃檯人員也出現如此訝異的表現。

「咦？叫『奇諾』這個名字……不，抱歉，妳比較年輕呢。雖然看起來像男孩子，但其實是女性對吧？天哪～真的嚇一跳呢。」

去買汗衫的店家也聽到這種話。

「咦！『奇諾』？哇啊！」

在公園裡，奇諾才一回答，聽到這名字的小孩就傾全力逃跑。

「唔唔……」

「這很奇怪耶～」

奇諾與漢密斯打算確認這個謎。

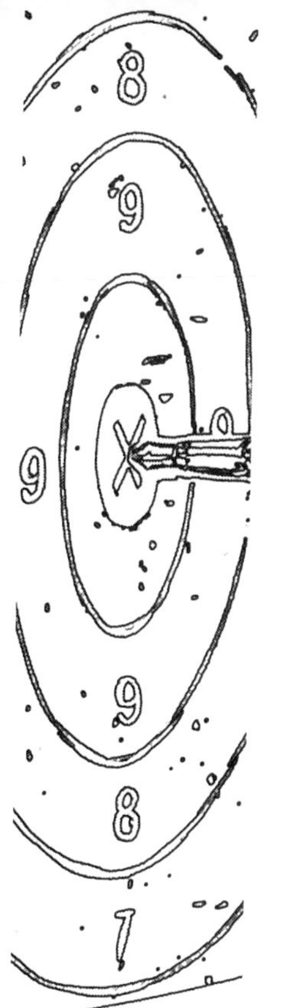

這是隔天發生的事情。

奇諾一大早出門，就向警官問路。

「啊啊，往那邊直走，走到盡頭再往右轉，馬上就看到了喲。」

她對笑嘻嘻愉快回答的警官說：

「對了，我叫做奇諾。」

當她一這麼說，忽然間警官就利用無線電把伙伴都叫來。

然後，被那群人目不轉睛地打量。

奇諾與漢密斯入境以來都遇到那種反應，因此詢問到底是怎麼回事。後來，終於了解理由是什麼了。

「因為這國家的知名記者，在他的書裡寫了一個名叫『奇諾』的旅行者的事情。」

警官如此說道，於是奇諾問：

「書裡的旅行者是個什麼樣的人呢？」

「那個叫『奇諾』，穿著棕色大衣又高大的男旅行者，是個殺人魔。」

「殺人魔……是嗎？」

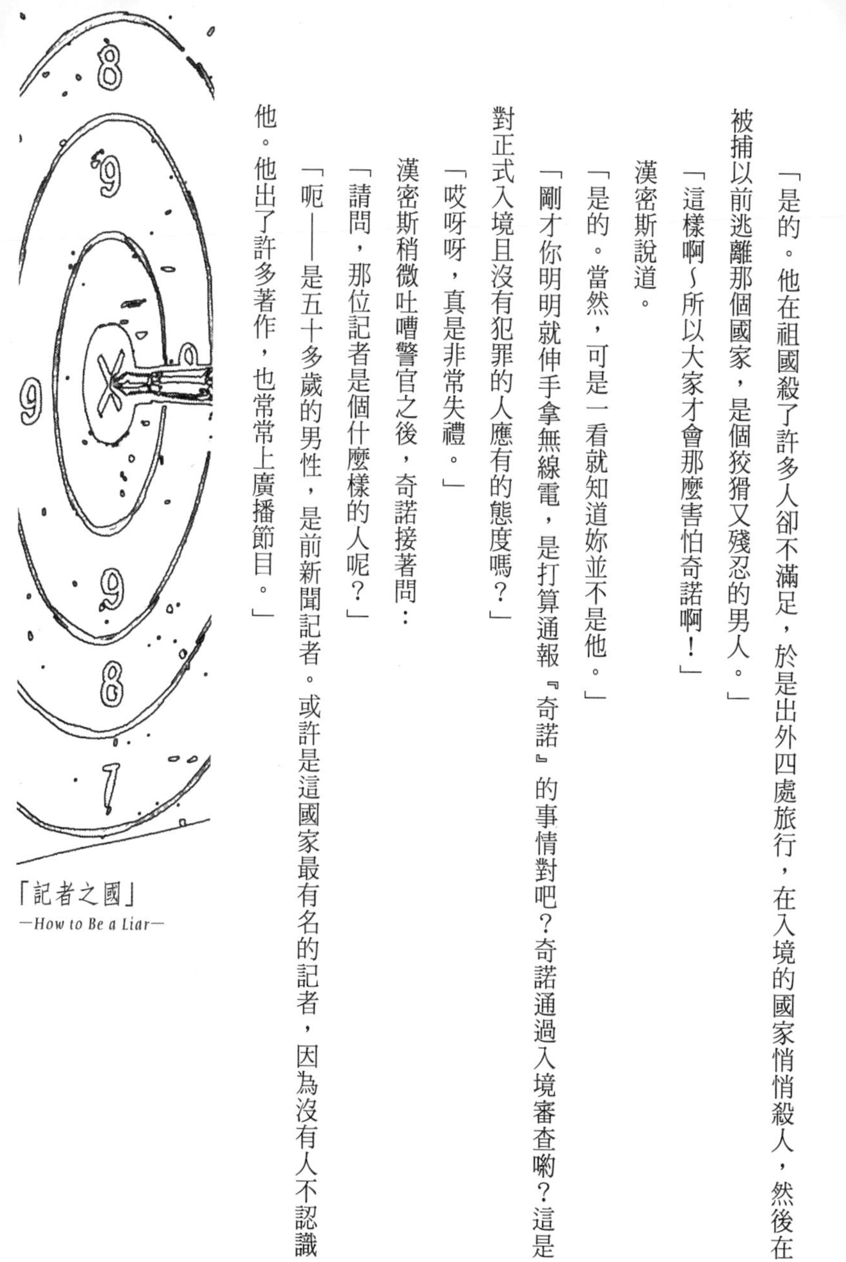

「是的。他在祖國殺了許多人卻不滿足，於是出外四處旅行，在入境的國家悄悄殺人，然後在被捕以前逃離那個國家，是個狡猾又殘忍的男人。」

「這樣啊～所以大家才會那麼害怕奇諾啊！」

漢密斯說道。

「是的。當然，可是一看就知道妳並不是他。」

「剛才你明明就伸手拿無線電，是打算通報『奇諾』的事情對吧？奇諾通過入境審查喲？這是對正式入境且沒有犯罪的人應有的態度嗎？」

「哎呀呀，真是非常失禮。」

漢密斯稍微吐嘈警官之後，奇諾接著問：

「請問，那位記者是個什麼樣的人呢？」

「呃——是五十多歲的男性，是前新聞記者。或許是這國家最有名的記者，因為沒有人不認識他。他出了許多著作，也常常上廣播節目。」

「記者之國」
—How to Be a Liar—

「他是用什麼方式介紹那個叫『奇諾』的旅行者呢？」

「他在大約十年前寫了一本叫《殺人魔之素顏》的書，因為太轟動了而成為暢銷書。他也因此拿下這國家最具權威的新聞報導獎，並且建立通往自由記者的路。」

「可以請你再詳細介紹那本書的內容嗎？」

「是有關他成功訪問剛入境的『奇諾』，也聽到他獨白的內容。還描寫連續殺人魔『奇諾』所幹過的各種殺人案，以及他當時的心理。『奇諾』原本也打算在這國家殺人，但記者勸導他這國家的警察很優秀，應該停止那種行為。」

「那本書還在賣嗎？」

「當然還在賣哦！」

「那再問一個問題，那位記者最近有寫書嗎？」

「不，很少了。」

奇諾與漢密斯到了書店購買《殺人魔之素顏》，並且回到飯店閱讀。奇諾很難得買書的。

內容的確如警官所說的，叫做「奇諾」的殺人魔過去在造訪的國家瘋狂殺人，是個以此為樂又冷酷殘忍的男人。然後他個子高高的，穿著棕色的大衣。

後來奇諾打電話到出版社。

「我是旅行者奇諾，你的書非常有趣，但我的名字碰巧跟書中人物一樣，使得我在這國家有點困擾。」

她對記者這麼留言並拜託他。

很快地，那個記者透過出版社給了答覆。

「那真是非常抱歉。如果方便的話，希望妳能來我家，我想當面向妳謝罪。同時，可以讓我取材做訪問嗎？」

內容大致是那樣。

「好極了！」

奇諾開心地說道，漢密斯問她：

「好極了，準備吧。彈藥都充足嗎？」

奇諾笑著回答：

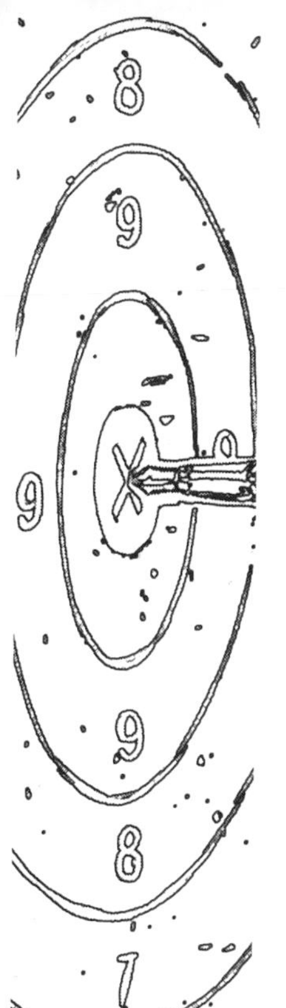

「不用開槍喲——也沒那個必要。」

隔天，也是奇諾入境的第三天。

奇諾一大早就前往那位記者的家。

他家建在郊外，是相當豪華的宅邸。

門外有一群魁梧的保鑣，在進門以前進行隨身物品的檢查。奇諾攜帶的說服者跟刀子等等武器類，甚至行李都必須寄放。

與漢密斯一起被帶到寬敞房間的奇諾，與那名記者見面了。對方是戴著眼鏡的中年男子。保鑣在他的指示下退出房間，只剩下兩個人與一輛摩托車共處於室內。

雙方互相打完招呼以後，那名男子對奇諾把武器全都寄放在保鑣那邊表達感謝之意，不過口氣有些驕傲。

「我做的是這種工作，因此有時候會被追殺哦。」

接下來男子滔滔不絕地述說自己的使命是什麼之類的，他的正義之筆是誰也無法粉碎等等。

大致聽過他那些話以後，奇諾說道：

「這次我來這裡的理由只有一個，並不是為了接受你的採訪，而是希望你能支付酬勞給我。」

「什麼？妳到底在說什麼啊？」
男子用可憐奇諾的眼神看她，不過——
「你寫的『殺人魔奇諾』那本書——我知道內容並不是真的。」
那句話卻讓他臉色大變。
奇諾毫不留情地繼續說下去。
「因為，他跟我來自同一個國家。在我的國家，旅行者都自稱是『奇諾』。當我們到其他國家時，若聽到有人說『咦，你也叫奇諾啊？』，就可以知道誰到了什麼地方，什麼時候客死異鄉。」
「…………」
「根據你所敘述的『奇諾』，他在我出國以前就回國了，同時他也不是會做那種事情的人。順便一提——」
奇諾露出摺疊整齊的棕色大衣給對方看，由於正值夏天，所以大衣就沒穿上。
「他穿的是這件大衣對吧？在我的國家，外出旅行的時候穿這件大衣是向來的傳統。理由就跟

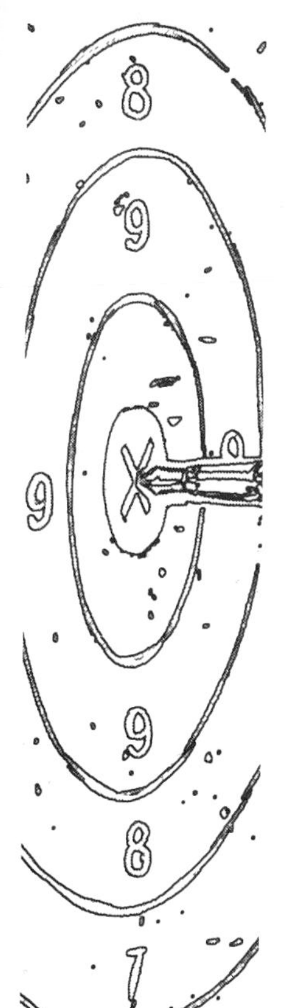

自稱『奇諾』是一樣的。」

「…………」

「我無意親口揭發你的謊言或利用這件事威脅你，反而是覺得你大可以把我的事情，像描述以前那個奇諾一樣，想怎麼當題材引用都無所謂。只不過，希望能向你拿點路費當做謝禮。」

「…………」

「你想扯說我果然是殺人魔且殺了許多人，或者滅了一個國家等等轟動社會的謊都沒關係，你儘管發揮吧。只要拿到謝禮我就會立刻出境，怎麼樣？」

「…………」

「如果你沒興趣就當做沒這回事吧，當然，我也不會因為這樣就把真相到處宣揚，畢竟沒有證據也不會有人相信我的話。我想做的，只是你做過的同樣事情。」

「……也就是說？」

「這是交易喲，是為了錢而撒的謊。」

那天傍晚。

奇諾與漢密斯從這個國家出境。

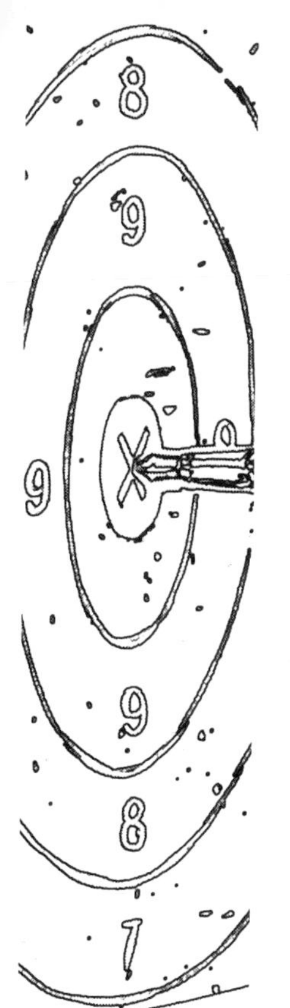

「記者之國」
—How to Be a Liar—

那個時候——

「妳堆了好多行李哦。」

城門的衛兵感到相當訝異，漢密斯後面的載貨架上除了平日的包包，又擺了一只大布袋。

「我買了一些貴國的優秀工藝品，準備在下一個國家賣掉。」

「天哪。」

「我最後有一個請求。」

「什麼請求呢？」

「聽說貴國的城門也兼當郵局，請幫我把這些包裹寄到貴國各家報社。」

那麼說的奇諾遞出幾個小包裹。

衛兵訝異地看著她說：

「裡面……應該不是炸彈吧？」

「你要確認也可以，但裡面並不是炸彈。只是錄音帶與信，不過——」

「不過什麼？」

「或許會成為爆炸性的話題呢。」

奇諾與漢密斯一面在森林包圍的路上悠哉前進，一面對話。

「奇諾，以後不要再把錄音機藏在油箱裡了啦。啊啊，說起來就像人類所謂『喉嚨裡卡了魚刺』的感覺哦。」

「知道了，我再也不會那麼做喲。下次的話，說得也是……藏大量現金好了。」

「那個，是不是受到哪部電影的影響啊？——不過剛剛送出的記者那些話，不知是否會確實報導出來呢？」

「不知道，剩下就要看報社的判斷吧。我想他們若覺得這有新聞性就會報導，若對自己不利就不報導了。」

奇諾斬釘截鐵地說道。

過了一陣子，漢密斯問：

「死者的名譽——妳覺得有可能回復嗎？」

「不曉得。」

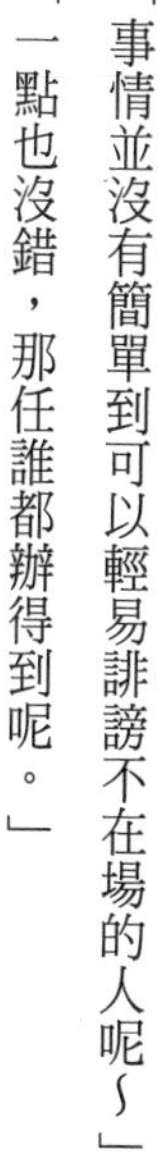

奇諾立刻回答。

「事情並沒有簡單到可以輕易誹謗不在場的人呢～」

「一點也沒錯，那任誰都辦得到呢。」

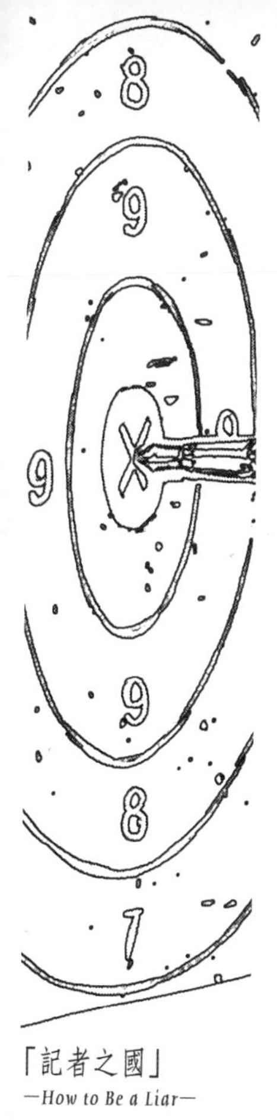

第六話
「犯人所在之國」
—He Had Done It.—

第六話「犯人所在之國」

—He Had Done It.—

現在是秋冬季節交替的時候。

覆蓋平坦大地的森林，樹上的葉子全都掉落。只剩下灰色的樹枝在空中張牙舞爪的，看起來就像裝飾了骨頭在上面。

地面被開始腐爛的落葉覆蓋得毫無空隙，但隱約還看得見過去原本鮮豔的馬賽克圖案。

天空布滿昏暗的雲層，顯現出灰色斑駁的模樣。照理說早晨的太陽應該掛在東方的低空，卻因此完全看不到。

一輛摩托車正停在這寒冷的森林裡。

摩托車以腳架立在森林裡，後輪兩側裝了黑色箱子，上面的載貨架綁了一只包包。還看得見包包上面擺了捲成一綑的睡袋與摺疊好的帳篷。

距離摩托車不太遠的樹幹上綁了一塊像砧板的鐵板。是一塊被打過好幾次，表面已經彎曲的黑色鐵板。

此時槍聲在無風又寧靜到幾乎無聲的森林裡響起。

一槍。

停頓一會兒又一槍。

再一槍——然後像是連在一塊的三連發。

那個時候，鐵板像是配合槍聲似地發出劇烈的金屬聲。

當最後發出沉重又漫長的響聲之後——

「很好～全部命中～」

摩托車用有氣無力的語氣說道。

不久傳來踩在濕潤落葉上面的聲音，而且愈來愈大聲，接著從樹林後面出現一名人類。

是一名年輕人，大概十五、六歲左右，穿著黑色夾克，上面罩著棕色的長大衣。

黑色短髮上面戴著附有帽簷與耳罩的帽子，上面還有防風眼鏡。

右手拿著大口徑的左輪手槍型的掌中說服者，她邊走邊迅速替換像蓮藕狀的彈匣。

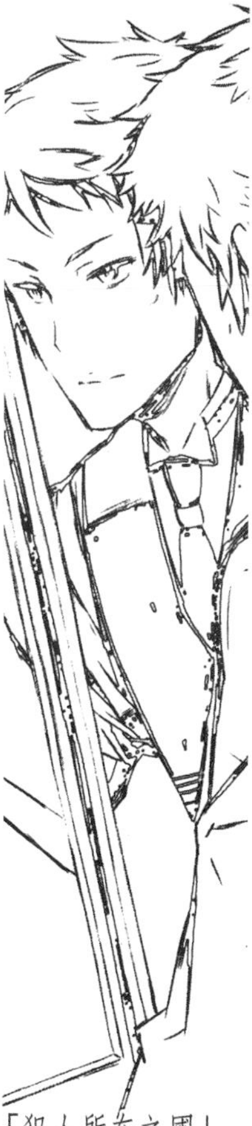

「犯人所在之國」
—He Had Done It.—

摩托車說：

「離那麼遠還有這麼精準的命中率，果然厲害呢。不過已經夠了啊？該走了吧，奇諾。」

叫做奇諾的人類一面把左輪手槍插回右腿上的槍套一面說：

「我只是稍微練習一下喲，漢密斯。」

「昨天不是練很多了嗎？還把樹木搞得像蜂窩似的。」

「昨天是小刀，今天練說服者。」

奇諾把當做靶的鐵板從樹上拆下來，這次把它的繩索垂吊在其中一根樹枝上。

她脫掉在身上的大衣並捲起來，擺在叫做漢密斯的摩托車的椅座上面。

奇諾的腰際繫了一條粗皮帶，上面掛了好幾個綠色腰包。腰部後面的槍套裡，則插了一挺自動手槍型的掌中說服者。

漢密斯說：

「傷腦筋，那要下暗號囉。」

奇諾與吊在約人類胸部高度的鐵板相對，僅僅約三公尺左右的距離。奇諾的右手，伸向右腿她稱為「卡農」的左輪手槍。

寂靜的時間流逝。

忽然間──

「現在！」

當漢密斯開始說簡短一句話的那一瞬間，奇諾隨即做出動作。話還沒說完她就拔出「卡農」，同時扳起擊鐵並在腰部的位置開槍。

槍聲與鉛彈打在鐵板的金屬聲，幾乎在同時間響起。

「嗯，完全沒延遲。」

漢密斯說道，奇諾則把「卡農」收回槍套。

然後暗號、開槍、金屬聲，又幾乎在同時間發生。

奇諾不斷反覆練習迅速擊倒眼前的人類。

最後一次是她用左手手指連續把擊鐵往後扳並連續開槍，兩發幾乎打在同一個位置。

聲音幾乎是連在一起，聽起來像只有一道槍聲。

「犯人所在之國」
—He Had Done It.—

練習結束後——

「馬上就結束，再等一下哦。」

拿下耳塞的奇諾開始幫「卡農」裝填子彈。

她在彈匣裝進黏稠的綠色液體火藥與點四四口徑的子彈，在另一邊裝進用擊鐵敲打就會先點火的小管子——雷管。

彈匣有三個，她用熟練的動作小心翼翼地把十八發子彈裝填進去，再把其中一個彈匣裝回「卡農」。而備用彈匣則收進腰包裡。

「馬上就快抵達國家了，今天早上大可不必做實彈練習啊。」

漢密斯說道。

「正因為如此更要練習喲。師父常說其實跟境外比起來，在國內遭人攻擊的可能性更高呢。」

「嗯——不過，那會不會是因為國內的人比較多？說明白一點，會不會是她個人的問題？」

漢密斯誠實說出自己的感想。

「這個嘛……或許吧。」

奇諾也不否認。

把所有子彈裝完以後，奇諾把鐵板拆下來。

她把嵌在鐵板上的子彈跟命中後掉在樹葉上的子彈回收起來，這樣就可以熔解、固形再利用。

奇諾把鐵板跟道具都收進黑色箱子裡，再仔細確認有沒有什麼東西掉了？或有沒有什麼東西沒收起來？

她用眼睛跟手的觸感，確認自己重要的裝備與隨身物品是否在固定位置，因為不保證是否會再回到同一個場所，所以要仔細檢查所有行李。

奇諾一度拔出腰際後面的另一挺，她稱之為「森之人」的自動式說服者，然後確認裡面是否裝了子彈，再上好保險插回槍套裡。

最後奇諾罩上大衣，把前面的鈕釦都扣上，過長的部分就捲到腿上固定住。

她跨上漢密斯並發動引擎，不久在寒冷的森林裡傳來轟隆隆的引擎聲。

暖完車之後，奇諾便騎著漢密斯在森林裡奔馳。當他們在柔軟的泥土上面稍微前進，隨即出現一條寬敞的道路。

那是泥土裸露、路面又寬，不知通往何處的筆直道路。平常可能就有不少車輛往來，上層的泥

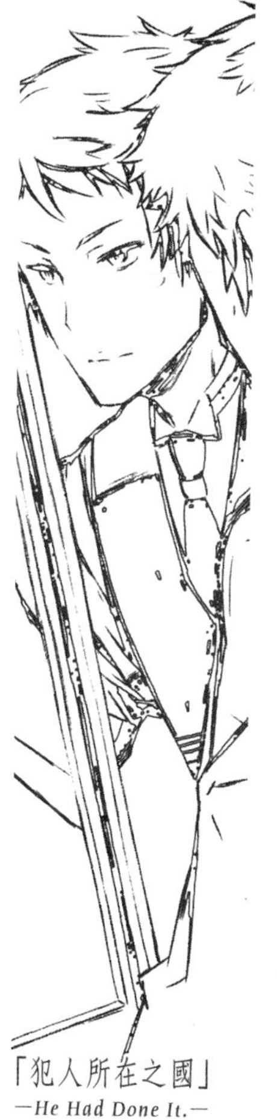

「犯人所在之國」
—He Had Done It.—

土十分堅硬。

戴上防風眼鏡之後，奇諾開始加快漢密斯的速度，朝著西側的地平線，奔馳在灰色森林中的道路上。

她一面加快速度，一面舒適地奔馳。

「師父真的很認真指導奇諾，畢竟妳一向都是單打獨鬥呢。」

漢密斯從下方說道。

「那是當然囉，跟伙伴聯手戰鬥的方法又完全不一樣呢。」

奇諾理所當然似地回答，漢密斯則問她「怎麼個不一樣法？」

「單打獨鬥的狀況，無論對手是一人或兩人以上，就不用像團體戰那樣在意這個在意那個。」

「嗯嗯嗯，譬如說呢？」

「像說服者的瞄準。跟伙伴一起戰鬥的時候，經常伴隨著擊中伙伴的危險性。」

「啊～原來如此。」

「因此像軍隊的話，無論平時或移動的時候，都會徹底訓練如何不要誤擊到伙伴，如果辦不到的話似乎會被刷下來，不讓他們一起作戰。」

「那樣的話，一個人比較輕鬆呢。」

「是啊。就算是混戰狀態，都可以毫不猶豫地開槍呢。當然啦，千萬不能朝射中還會反彈的場所開槍。不過，那也要看子彈的種類。像我使用的子彈貫穿力較低，就不用擔心那種事會發生。」

「那是軟鉛彈呢。」

「我認為師父對那點也非常了解，她知道會有某種程度的不利，因此很愛用舊式左輪手槍喲。當然，她應該也有火藥與子彈較容易入手的規格。像『卡農』可以擊出各式各樣的子彈就非常方便喲，像是非致死性的橡膠子彈，或是獵鳥用的散彈等等。若遇到實在沒有子彈可用的狀況，還能在槍管塞進細長鐵釘擊出呢。不過那會傷到膛線，我是不想嘗試啦。」

「原來如此，原來如此。」

「我是不清楚師父對於粗暴的工作──是否接得很積極，但她倒也接了滿多這類工作，似乎會視時間點跟狀況來分別使用不同的說服者喲。我有說過師父跟她徒弟在冰天雪地的森林裡，擊倒棕熊的故事嗎？」

「喔！那還沒說過，說給我聽說給我聽！」

「犯人所在之國」
—He Had Done It.—

「知道了。首先從師父入手卡車的地方開始說起——」

然後奇諾一面笑嘻嘻開始說著驚人的故事，一面跟漢密斯繼續往前進。

過了中午的時候，奇諾與漢密斯已經在城牆前面。

用水泥造成像水壩那麼雄偉的城牆，左右兩邊都一望無際地延伸。這是一個被宏偉的城牆團團圍住，相當廣闊的國家。

奇諾向前來的衛兵提出停留三天的入境申請。

奇諾與漢密斯被帶到位於城門旁的崗哨，他們在那裡接受兼任入境審查官的警官各種詢問。

「我國允許妳入境。只不過，為了保護這國家的治安，妳必須熟知這裡的法律，因此有必要耽誤妳一些時間。」

聽到對方那麼說，就得被迫聽取一長串這國家的刑法。

其中有「為了運動與自我防衛，因此一般人也能取得說服者的所有權。但隨身攜帶的時候，有義務不外露給他人看」這條法律。

「奇諾妳並沒有帶什麼隨身小包，要是遇到緊急時刻不就不方便用槍?這國家的治安好嗎？」

漢密斯問道，結果原本說明法律、四十歲左右的細瘦警官，一面把眼鏡往上推一面回答：

「老實說——並不好。」

「哎呀呀～」

「尤其是市中心的治安很糟。國家中央雖然有集中經濟機能的大型城市……但毒品或賣春、兇殺案等等，儼然成為這國家的犯罪事件的溫床。警方與政府也很努力打擊犯罪，但可能是國土太廣，人口眾多的關係就沒什麼成果。因此請不要抱持警官會永遠保護你們的想法。」

明明是警官卻說那種話。

「知道了，我以前也造訪過類似的國家。」

但奇諾還是對他這麼回答。

「如果發生什麼狀況的時候——可要有隨時喪命的心理準備。」

漢密斯對他那句話如此回答：

「那句話跟對方說吧。」

「犯人所在之國」

—He Had Done It.—

「終於講完了。」

「有夠長呢~」

刑法的說明終於結束，當奇諾與漢密斯穿過城門的時候，白天都已經過了一大半。

接著奇諾把大衣下面的兩挺說服者，連同槍套一起拿下來，然後放進包包裡。

「我們走吧。」

「了~解。」

奇諾與漢密斯來到農事已結束且農田占地廣闊的國內，而他們的目的地是設有飯店的國家中央地區。

奇諾與漢密斯一面行走在泥土壓得緊實堅固的道路上，一面欣賞國內的風景，並確認這裡是什麼樣的國家。

首先，這裡有電線桿與路燈，表示這國家有電力。而且有豎立電視天線的人家，表示這國家開始有播放電視節目。

雖然有卡車與自用車，但是車款跟其他國家比起來較為老舊。但確定這個國家有燃料。

這國家的圓形外圍幾乎是農田，而且隨著行進的路線可發現住宅愈來愈多。不久呈現在眼前的國家中央地區，到處林立著十到二十層樓高的建築物。

路上的居民雖然會對奇諾與漢密斯多看一眼，但可能是商人與旅行者並不罕見，所以沒有人在後面追著他們跑。

奇諾與漢密斯正式進入這國家雜亂的中心部。

放眼望去一排排石砌的大樓，石板路與水泥路則各占一半。因為道路狹窄的關係，大樓給人有種壓迫感。

前進相當一段距離之後，奇諾與漢密斯好不容易抵達被推薦的飯店。由於是位於繁榮市區正中央的建築物，因此住宿的客人也不少。

加上明天又是這國家的例假日，雖然才傍晚而已，早有幾十名喝醉的男性在大廳吵吵鬧鬧的。

他們被帶到飯店裡最小的房間，但這裡是一樓又離門很近，因此可以讓漢密斯一起進房間，奇諾也很感激地把他推進去。

奇諾用腳架把漢密斯立在床鋪旁邊，再把上面的行李都卸下來。她很快地在浴缸把內衣褲洗乾淨，再拉起隨身攜帶的繩索晾起來。

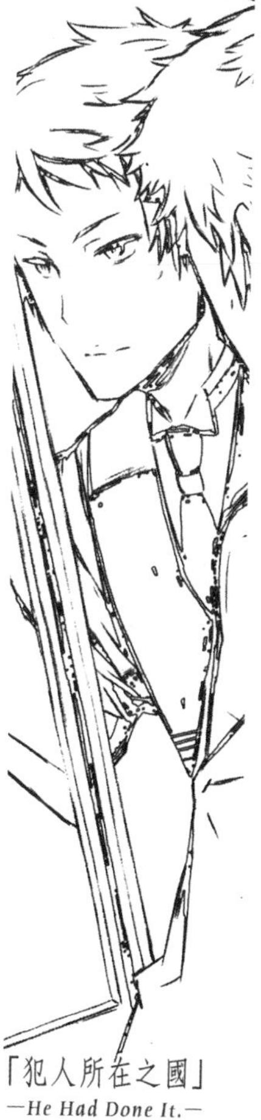

「犯人所在之國」
—He Had Done It.—

等事情忙完的時候，外面已經有些昏暗，雲的灰色也變得愈來愈深。

「好了，吃完飯就睡覺吧。」

在途中露營的時候都與日落一起就寢的奇諾如此說道。

「吃完飯馬上睡覺會變胖哦。」

漢密斯故意挖苦她。

「凡事都要嘗試，而且我偶爾也想變胖看看。」

「妳那句話，可是會立刻惹惱已經胖胖的人哦。」

「那不然我悄悄變胖好了——我很快吃完就回來，這裡就麻煩你留守了。」

「知道了，我洗著澡等妳回來的。」

「記得連我的份一起洗哦。」

結束無聊的對話後，奇諾為了到飯店的餐廳用餐，因此留下漢密斯走出房間。

然後，幾十秒鐘就回來了。

「不管怎麼快，這也太快了吧，奇諾。妳有細細咀嚼嗎？有好好吞嚥嗎？」

「不是啦，漢密斯。我剛走出房間就遇到迎面而來的服務生，聽完他的話之後才又走回來。」

「咦，他說什麼？」

「他說沒辦法讓我到旅館的餐廳用餐了。」

「為什麼？」

「因為剛才那群醉漢又找來其他人開始舉行大宴會，目前餐廳的座位跟食材似乎快不夠了。」

「也就是說，他的意思是要奇諾妳更瘦一點對吧？晚安。」

「你錯了，是叫我不用客氣盡量變胖。他說為了致歉，介紹我到附近某家餐廳。那是同一名負責人開的店，而且已經事先聯絡過了，說我在那裡想吃什麼都沒問題。」

「原來如此啊～」

「因此我必須出去吃飯，漢密斯你呢？」

「是用走的就到得了的距離嗎？」

「用走的也是可以啦，但有點遠。」

「真拿妳沒辦法耶～獨自一個人走夜路很危險的，我就陪妳去吧。」

「那可以幫我壯壯膽呢。」

「犯人所在之國」
—He Had Done It.—

奇諾穿上黑色夾克，外面再罩上大衣，然後跟漢密斯一起走出房間。

她把「卡農」跟「森之人」連同槍套用毛巾包起來，放進後輪左邊的箱子裡。

日落的市區，明顯分辨得出哪邊是熱鬧地帶，哪邊並不是。

大街跟風化區的數量不多，但都點著路燈，來往的車輛與行人也很多。

但一走進後街或巷子裡，就幾乎是漆黑一片。仔細看的話，還會看到疑似妓女或藥頭的人影在移動。

奇諾盡可能走大街，也終於抵達目標的餐廳。親切的店家還讓漢密斯進入店內的餐桌旁。

「要是停在外面的話，不良份子會對他惡作劇或偷竊零件。這附近很危險哦。」

店家如此說道，並感嘆晚上的治安很糟。

奇諾點了水煮蔬菜沙拉、炸雞料理與暖呼呼的麵。

「這炸雞好好吃哦。」

吃著送上來的雞肉，奇諾如此說道。店家露出不可思議的表情說：

「什麼『炸雞』啊？」

「把調味過的雞肉油炸過的食物，通常都叫炸雞哦。」

「這樣啊~我頭一次聽說呢！原來其他國家也有這種料理啊！這是我們祖先經過一番苦思，把它調味成這國家流行的食物，原以為全世界只有我們才有呢。真是遺憾！」

店家開心地這麼說。

被炸雞的美味感動的奇諾，把那道料理全吃光。

吃完甜點與水果，然後再喝茶。充分享受過晚餐以後，奇諾便離開那家餐廳。

夜晚雖然才剛開始，但大街已經有醉漢在鬧事。

衝到大馬路的醉漢與嫌他擋路而氣得按喇叭的司機之間，漫延著險惡的氣氛。

「醉漢應該移民到全是醉漢之國才對！」

卡在完全無法動彈的車陣中，漢密斯發著牢騷說道。

「沒辦法，走別條路吧……你知道怎麼回飯店嗎？」

奇諾問道，漢密斯回答「當然知道」。

「那麼，先在前面往左轉。」

「哪裡？這裡有很多條巷子耶。」

「就是喝醉酒倒在地上的禿頭大叔那裡。」

「啊啊，了解。」

奇諾便照漢密斯所說的往前進。

她慢慢從車子旁邊經過，然後一面小心不要壓到在寒空中醉倒在石板步道，頭禿得厲害的中年男性，一面從他旁邊經過。

當他們一轉彎，視野突然整個變暗。

漢密斯一面用大燈照亮大約一輛車寬的巷子，一面往前進。

走沒多久——

「下一個轉角，也就是白貓在垃圾箱翻剩飯的地方右轉。」

「了解。」

奇諾與漢密斯在嚇到貓的情況下轉彎，然後又繼續行駛在細長的巷子裡。

「記得把路線記起來，以便下次來的時候應用哦，奇諾。像是『醉倒在地上的禿子那邊左轉』，然後『吃飯中的白貓那邊右轉』。」

漢密斯一本正經地說道。

「都記起來了。」

奇諾也正經八百地回答。

然後──

「最後再左轉，只要出了那條狹窄的巷子，就到了面向飯店的大街。」

「了解，不愧是漢密斯呢。」

奇諾遵照漢密斯的指示，進入幾乎黑漆抹烏的巷子裡。

當他們進了巷子以後。

漢密斯的大燈捕捉到躺在路上的人影。

「小心！」

奇諾連忙緊急剎車，停在那前面以免壓到那個人。

就在她停車的同時，那個倒在地上被大燈照亮的人，模樣竟是一片血紅。

那個人應該是名年輕女性。

「犯人所在之國」
—He Had Done It.—

她雙手張開躺在狹窄的巷子裡，因此擋住了通行。

她的四肢從華麗又暴露的服裝露出來，但身上的衣服、手腳及仰躺在地的臉部，全都被鮮血染成紅通通的。

然後她臉上雙眼的位置，深深插了兩把小刀，僅剩刀柄外露。至於身體已經動也不動了。

「把前輪往上拉一下！」

漢密斯大叫，奇諾便照他的話做，她兩腳踩在地上，一面猛催油門一面拉離合器，再靠後輪的力量讓漢密斯的前輪抬起來。

漢密斯在一瞬間抬高的大燈，把那條巷子的裡面也照亮了。

那裡站著一名男子。

一身全黑打扮的他，往他們這邊看。

年齡大約是二十五歲以上到三十歲出頭，留著棕色的短髮，相貌端正，個子也高。可以說長得相當帥氣。

然後，他在笑。

他露出白牙微笑，臉上還沾了不是他自己的紅色液體。

放下漢密斯的前輪以後，光線從男子回到了屍體。

奇諾雙腳踢著路面稍微往回踏，接著再次嘗試把前輪抬高，但是——

「讓他跑了呢，奇諾。」

男子已經不見蹤影。

漢密斯語氣嚴肅地說：

「還有『在有慘死屍體且兇手微笑的巷子左轉』——記起來了嗎？」

「這種時候我們原本應該在睡覺呢……」

奇諾喃喃說道。

「可是～又不能置之不理啊——我們是第一個發現死者的人，也目擊到兇手。」

漢密斯從下方難得一本正經地說道。

漆黑的巷子被強力的手電筒照亮，接獲通報的制服警官們把四周封鎖起來，並嚴格限制看熱鬧

「犯人所在之國」
—He Had Done It.—

的群眾闖入。目前在這場所的普通人，只有奇諾而已。

閃光燈下被拍照的屍體，狀況慘不忍睹。

那屍體全身上下被刺了好幾處，而且還有砍殺的傷，完全看不出哪一處才是致命傷。而且她腹部被劃開，內臟幾乎被拉出來。臉部也是傷痕累累，皮膚也被劃開好幾層，簡直無法分辨她原來的容貌。

被害人穿的大衣，整齊摺好以後被放在屍體旁邊。

然後這是剛剛沒看到的景象，也就是屍體頭部所在的後方牆上，有可能是用被害人內臟所寫的文字。

『向無能的警察諸君乾杯！還會有被害人出現的！哈哈哈！』

是鮮血淋漓的文字。

「報警的旅行者與摩托車，就是你們對吧？」

男子從後面對奇諾他們說話。

奇諾回頭一看，後面站了兩個人。一個是穿著棕色西裝，年約五十歲左右的男性，個子高且細瘦。另一個穿著黑色西裝，看起來約二十五歲以上，是體格健壯的男子。

兩人都從懷裡掏出閃著金色的警察徽章給他們看，並自稱是負責偵辦這個案子的刑警。然後年紀較大的刑警脫口而出說：

「被害的不是你們，讓我們鬆了口氣呢。」

「聽說你們看到疑似兇手的男子的臉，雖然知道你們不是我國國民，但務必請兩位協助我們警方辦案。」

奇諾點著頭說：

「如果有我幫得上忙的地方。」

「這是第幾個人了？」

漢密斯開門見山且乾脆地問道。兩名刑警一度互看對方之後——

「這個嘛～看到那面牆上的字，也知道發生了什麼事情……這樣省了不少工夫解釋哦。」

兩人表情苦澀地回答漢密斯的問題。

「這已經是第二十四個人了。」

「哇～好多哦——」

「是啊，很多呢。」

刑警點著頭說道。

奇諾首先告訴他們，自己所看到那名疑似兇手的男子的特徵。她把自己所知道的全說出來，但當時大燈只照了一下下，因此所得的情報並不多。

「那他眼睛的顏色呢？」

「我不知道。」

「是淡灰色哦。」

回答的是漢密斯。

接著漢密斯又告訴他們那男子的身高、從他的體格推測的體重、眼睛形狀、肩寬、頭部大小等詳細情報，不禁讓人想問他是實際測量過嗎？

拚命做筆記的年輕刑警不由得問：

「你怎麼會知道得這麼詳細？」

「因為我是摩托車。」

漢密斯答道。

年輕刑警隨即把得來的情報轉達給其他警官，警方以那些情報為根據，開始在全國發布緊急通緝令，並調出前科犯的資料進行核對。

「這些是非常珍貴的情報哦，謝謝你們。」

中年刑警感謝兩人的協助，並告訴他們目前震撼全國的連續變態殺人狂的事情。

就目前所知的第一名犧牲者，是出現在三年前。但更早以前所發生的懸案，很可能也是同一名嫌犯幹的。

三年前的一個晚上，發生了一名在巷子賣春的妓女被人砍斷身體的兇殺案。

剛開始傷口很少的關係，因此警方認為那單純是妓女搶地盤而衝動殺人的案件。

但半年間又連續發生類似的案件，到了第四起的時候才終於顯露出跟這次相同的犯罪行為。

後來不斷有妓女、妓女的馬伕、藥頭、餐廳員工、單純的醉漢、街友——只因為這些人出現在巷子就不斷被殺，大部分的狀況都被殘忍地砍殺，屍體都慘不忍睹。

其中還有手持武器頑強抵抗的男性，但面對兇手突如其來的攻擊，根本連抵抗都沒有就變成刀下亡魂。

在警方拚命搜查下，有許多人被列為調查對象，然後又被排除嫌疑，因此真兇至今仍未抓到。
雖然曾抓到嫌疑犯，但新聞才傳出沒多久就又有案件發生，彷彿在替那個人洗清冤情。
曾有因其他案子被逮捕的男子供稱「全都是我幹的」，但經過調查就馬上知道他是在說謊。
目前該名兇手被冠上「暗夜開膛手」的綽號，在國民之間蔚為話題。
後來還出現以年輕人為主的熱情粉絲，甚至有希望死在他手下而不斷出入夜晚市區的人，著實讓警方十分頭痛。
現在有愈來愈多人覺得夜晚的市區很危險，因此悄悄攜帶武器出門。儘管如此，號稱這國家唯一的風化區的人潮並沒有減少，而犧牲者仍持續增加中。
「這次我們得到了非常珍貴的情報，多虧兩位的幫忙，或許明天就能抓到犯人了。」
刑警那麼說道。
「希望如此。」
「等著拿獎金吧，奇諾！」
「當然我們會請上級答謝兩位，只不過，明天若有需要兩位幫忙的地方，或許會過去打擾，請問你們住哪家飯店？」

雖然只有短短的距離，但奇諾與漢密斯還是在刑警的護衛下回到飯店。

奇諾是在夜非常深以後才上床睡覺。

「果然很睏呢。」

「好，那就晚安囉——不過，要是兇手追來這裡滅妳的口怎麼辦，奇諾？」

漢密斯問道，奇諾一面撫摸放在枕頭下方的「卡農」以示確認，一面回答他：

「漢密斯會幫我揮拳打倒他的，晚安。」

隔天早上，奇諾與黎明一起醒來。

然後——

「果然睡不飽呢。」

儘管嘴巴那麼說，但她還是跟往常一樣做晨間的拔槍練習。

「犯人所在之國」

—He Had Done It.—

「妳好勤奮哦～」

漢密斯說道。

「哇～」

奇諾忽然大吃一驚。

「怎麼了？」

漢密斯問道。

「你怎麼起來了？」

奇諾反問他，漢密斯威風凜凜地回答：

「以便我能隨時揮拳相救啊。」

練習完以後，奇諾把昨天洗好的衣物收起來，再花相當長的時間洗澡，然後好好地享受了一頓早餐。

外面的天氣很好。

當奇諾對漢密斯說「那麼今天要去哪裡呢」的時候，有人敲門了。

「旅行者——警官來接你們了。」

奇諾說：

「看來得去警署喲。」

「了～解。」

奇諾與漢密斯在大廳與昨晚那兩名刑警見了面。

「我並沒有聽說兇手被逮捕了。」

漢密斯語帶戲謔地說道，接著高大的刑警含糊其詞地說：

「可否請兩位接下來陪我們走一趟呢？有一名男子非常符合你們昨晚的證詞，但是……希望你們……能見見他。」

奇諾很爽快地答應「可以喲」，漢密斯則說：

「要去哪裡？警署嗎？」

刑警則滿臉遺憾地說：

「不，是他家。」

「難得天氣這麼晴朗，這種對待太過分了啦——摩托車總是希望能用自己的輪胎奔馳哦——」

漢密斯在卡車的載貨台發起牢騷。

因為漢密斯被放上卡車，還用繩索牢牢固定住，以免倒下來。加上載貨台覆蓋著車篷，所以幾乎看不到外面。

奇諾則是一身夾克的打扮，坐在載貨台設置於左右兩側的簡易椅子上。對面則坐著刑警們，與穿著制服的兩名警官。

卡車的外觀很普通，完全沒有警察的標記。

坐鎮駕駛座的，是兩名穿著常見的工作服的男子。只不過，腳邊藏了點三八口徑的五連發小型左輪手槍。他們也是警官。

「我們想再次確認。」

刑警對奇諾與漢密斯這麼說。

「等一下我們將前往嫌疑犯的住處。他是二十八歲的男性，單身。雖然出身地方農家，但在城市創業成功而變成富豪。十年前移居到郊外的豪宅。父不詳，母親在四年前去世了。後來就一直過著獨居生活。」

然後——

「我們會請他來玄關簽收物品，等一下會稍微打開車篷，希望你們能幫忙確認是不是昨天看到的那名男子。」

「了解。」

「了解～」

奇諾與漢密斯答道。

「那麼，如果真是昨天看到的那名男子——你們將怎麼做？」

漢密斯詢問刑警。

「會當場逮捕他，然後海K一頓逼他招供嗎？」

「我們無法做那種事情，只能夠向法院申請拘票再過來一趟。」

刑警答道。

「真麻煩耶～我們過去造訪的國家之中，就有手續較為簡便的呢。像是適當用其他涉嫌的罪名逮捕之類的。」

漢密斯說道，刑警則用教誨小孩般的語氣說：

「這個國家若沒有經過正式的逮捕及正式的審判，就不算真正的犯人哦。」

「對方是不守法紀的人，警方卻是遵守法紀的人，真是苦了你們哪～」

對於漢密斯的話，刑警與警官們也只能夠苦笑以對。

「真是一針見血啊。」

卡車停在某戶人家的玄關前。

那是距離市區有一段距離的郊外，整理得相當整潔，四周有森林包圍，豪華又美麗的房屋。那裡看來像是豪宅附近的高級住宅區。奇諾他們事前就聽說這裡是開著昂貴的自用車，出入市區的富豪們居住的地方。

以白色油漆漆成的時尚木造房屋，雖然是平房，但占地非常廣。主屋旁邊附有應該能停放五輛汽車的寬敞車庫，目前鐵門是拉下來。

蔚藍的天空下，花圃裡盛開著秋季花卉。

當卡車停在門口的圓環，一名警官從副駕駛座下來。他把手伸進後面的車篷裡，一把拿起放在裡面的木箱，那是義大利麵醬的罐頭組合。

是以市區某家百貨公司「致金字塔頂端客戶的新商品特別贈品」的名目送來的。為了不讓他起疑心，附近幾戶人家也都有配送這個贈品。

警官走近玄關，在扶著車篷的刑警與警官們屏息等待的情況下，門邊造型時尚的門鈴響了。

過了漫長的幾十秒，警官準備再按門鈴的時候——

「來了來了，請問哪位？」

門並沒有開，打開的是位於左邊窗戶的上方，傳來了親切的男性聲音。

然後，男子從那邊探出臉跟上半身。

刑警隨即拉開車篷的縫隙，以便漢密斯能看見。

同時，奇諾也用手指拉開縫隙。

然後——

奇諾與漢密斯都看到那名男子。

「有您的宅配。」

「啊啊，謝謝。」

「麻煩您簽收。」

「好的。」

「抱歉打擾了。」

「辛苦了。」

結束簡短的對話，隔著窗戶把物品交給男子的警官又回到卡車上。

他馬上把卡車開走，這時候在載貨台裡面——

「怎麼樣？」

刑警問道。

「是那個人沒錯！」

漢密斯開心地立刻回答。

「雖然我昨天不是看得很清楚，但是撇開那點不說，那個人很像昨晚那名男子，看起來像是同一個人。」

奇諾態度慎重地肯定。

「是嗎……」

原以為刑警會開心得不得了，想不到他卻愁眉苦臉的。

「怎麼啦？」

漢密斯問道。

「那傢伙……無法以昨天的案子逮捕。」

刑警答道。

「為什麼？啊，我知道了。他一定是什麼大政治家的兒子吧？」

漢密斯問道，刑警搖搖頭。

「若是那樣的話，就算我會沒了工作也要逮捕他。」

「那不然是？」

「那男人有很完美的證明，證明他人並不在場——他有不在場證明。昨晚那男人，參加了當地首長舉行的宴會。」

在返回位於市區警署的卡車上，抱頭煩惱的刑警們與不知該說些什麼的警官們，瀰漫著幫死人守靈的氣氛。

就在那個時候——

「搞什麼啊~原來大叔你們，是希望我們說『不是那名男子』對吧？」

漢密斯毫不留情地說道。

「…………」

刑事不發一語地點頭。

「這話是什麼意思，漢密斯？」

奇諾看著漢密斯問道。

「那名男子過去在搜查線上出現過好幾次，一定是那樣。但每當目標指向他的時候，就有充分的不在場證明，因此無法逮捕他。」

「嗯嗯嗯。」

「所以這一次，大家殷殷期盼『拜託不是他！』，如此一來就能確定排除那名男子的嫌疑。」

漢密斯話一說完，卡車的載貨台又再次安靜無聲。車身「喀咚喀咚」的搖晃聲突然變大了。

不久，刑警開口說：

「你說得一點也沒錯……他是最重要的嫌疑犯之一，但總是有很完美很完美的不在場證明。只要是案發那天晚上，他不是在當地的餐廳用餐，就是參加宴會，總之會出現在不特定但有許多人的場所。」

卡車的搖晃聲與低沉引擎聲當ＢＧＭ的情況下，刑警輕輕說：

「不管怎麼調查，他都不可能到市區殺人。他一定有不在場證明這點實在很不自然，因此我們也想過可能是跟所有人串供……但證明他不在場的證詞太多，其中甚至有值得信賴的警官。」

奇諾喃喃地說「原來如此」，漢密斯又問：

「監視過他的行動嗎？」

「當然有，但這國家不能使用竊聽或檢查信件的方式，因此我們是用勉強合法的手段，從早到晚監視那名男子的行動。那傢伙平日早上會開車到市區，到自家公司的辦公室工作，然後很晚才開車回家。有幾天他一直都在我們的視野範圍內，但還是有案子發生。這樣反而變成我們能證明他的不在場。」

「嗯嗯嗯。」

「逼不得已只好把他從搜查對象排除，但昨天聽過你們的證詞，我立刻就想到是他……我再問你們一次，昨天在案發現場看到的，真的是那名男子沒錯嗎？」

「沒錯。」

聽到漢密斯的即時回答，刑警一臉厭惡地搖著頭說：

「怎麼會這樣……」

結束協助警方的行動以後，漢密斯與奇諾在午後回到飯店。

「接下來要做什麼，奇諾？」

「說得也是。我們先吃飯，再跟往常一樣購買必要的物資。明天一大早就出境吧，反正我們再待下去似乎也派不上用場。」

「了解。不過，關於那個人……」

「我也那麼認為哦。」

奇諾在飯店餐廳用完午餐以後，便騎著漢密斯到市區。

白天的市區有別於夜晚地安靜，假日大部分的店家都沒開，也幾乎沒有人潮跟車輛往來。

奇諾甚至跑到郊區，才找到有開門營業的店家。她跟往常一樣，賣掉能賣錢的東西，購買應該買的東西。還補充了漢密斯的燃料。

由於氣溫上升的關係，奇諾脫下大衣並綁在載貨架上。

但平常佩帶在右腿與背後的兩個槍套都不在——

「身體變太輕，感覺好不自然。」

奇諾如此說道。

「所以，妳應該吃胖一點的。」

「犯人所在之國」
—He Had Done It.—

「不，不是那個問題。」

奇諾慢慢騎著漢密斯，悠哉地在道路上行進。由於速度很慢的關係，防風眼鏡就移到帽子上。

後面一輛車子追上來，還輕易地從旁邊過去。

「晚餐要在飯店吃呢？還是到昨晚的餐廳吃呢？」

「若到那家餐廳吃，回程又會出現死人哦？」

「那不然，回飯店吃好了。」

就在奇諾回答漢密斯的那一瞬間——

一輛車子從左邊巷子快速衝出來，擋住奇諾他們的路。是剛剛那輛超過他們的車子。

「唔！」

奇諾邊往左傾邊用力踩後輪的剎車，輪胎瞬間鎖死。漢密斯的車體往旁邊打滑，車頭硬是被迫指向巷子。

「好危險哦～」

在千鈞一髮之際閃開了那輛車。

衝進巷子的漢密斯，後輪右側的箱子撞到擺在路邊的馬口鐵製垃圾箱。箱子因此被往上抬，結果裝在上面的金屬扣脫落，導致箱子也脫落，滾到巷子路面。

「哇呀──」

漢密斯在垃圾箱彈飛的位置開始往左邊倒。

「哎呀！」

奇諾判斷自己撐不住漢密斯，只好趕快放開摩托車龍頭，逃過一劫沒有變成漢密斯的墊背。

同時間還響起漢密斯倒地的猛烈金屬聲，以及垃圾箱彈跳好幾次的清脆金屬聲。

在垃圾箱滾動的聲音結束以前──

「過分！」

她聽到漢密斯的抱怨。不久之後車門打開，男子跳了下來。

男子朝著奇諾背後衝過來，接著從他身上的黑大衣裡面掏出大型剁肉菜刀。

「奇諾，左邊，有客人！」

在漢密斯的指示下，奇諾往左邊看。

右手拿著寬版刀刃逼近的，確實是昨天那名男子沒錯。然後，也是上午看到的那名男子。

他端正的容貌，看起來很開心。男子一面露出開心的笑容，一面拿著菜刀刺過來。

奇諾的右手開始移動，首先往右腿——

「…………」

途中她停止動作，馬上又把右手伸進夾克左邊的袖子裡。

「嗨～妳好！去死吧！」

露出滿臉的親切笑容逼近的男子——

「…………」

與不發一語的奇諾交錯。

奇諾往右邊蹲下，躲過了男子的突刺，同時間還大大地揮舞右手。

衝過來的男子越過漢密斯，衝進巷子裡幾步以後停下腳步，然後用力轉身。

奇諾邊回頭邊站起來，看著在漢密斯後面的那名男子，又望向自己握在右手的黑色細長刀子。

那刀子前端沾了一點點液體。

「有一點點痛呢。」

男子一面用左手撫摸左腿一面說道。黑色長褲的布料被劃破，露出裡面的皮膚，看得出是淺淺的傷口。鮮血從傷口流下來，慢慢把褲子染紅。

「妳知道砍人很痛嗎？為什麼要做那種事情？」

男子一面甩動右手上的刀子，一面笑著說道。

「我說奇諾。」

仍倒在地上的漢密斯拜託奇諾。

「別理那個男的了，快把我抬起來吧。」

「…………」

奇諾沒有說話，右手上的刀子動也沒動，直盯著嘻皮笑臉的男子。

「怎麼了？想一決勝負嗎？」

「…………」

「我很強哦。」

「…………」

「聽到了沒？」

「…………」

奇諾沒有回應對自己說話的男子，只是緘默不語地看他的眼睛。

雙方對峙十秒鐘左右。

「呿！真無趣！妳應該不會乖乖被我殺死吧！真是個沒禮貌的人！」

男子突然說道。

然後看了一下滾到自己腳邊的箱子，那是從漢密斯右邊脫落的黑色箱子。

男子蹲下來把手伸進去摸索，他迅速抓出來的，是用布包起來的「森之人」。

「喔，這是什麼？雖然不曉得，但我接收囉。再見～」

男子一個轉身，傾全力從巷子逃走。他右手拿著菜刀，左手則是包在布裡面的「森之人」。

奇諾立刻——

「…………」

毫不猶豫地瞄準男子，射出右手的小刀。

邊迴轉邊飛出的小刀，只差一點點沒命中目標。

「哇！」

小刀擦過男子左耳，耳垂「咻」地被劃傷。

「妳這傢伙！很過分耶！想殺死我啊？」

邊跑邊用凶惡的表情回頭看的男子，眼睛所看到的是——

「…………」

奇諾從漢密斯後輪左邊的箱子，拿出「卡農」的模樣。

仍蹲在地上的奇諾把布打開，從槍套拔出「卡農」，並立刻扳開保險瞄準男子——

「妳這個殺人魔！」

男子大叫並轉身。

「…………」

然後奇諾沒有扣下扳機，當她鎖定目標的那一瞬間，男子跳進旁邊的小路消失不見了。

聽著愈來愈遠的腳步聲，奇諾拿著「卡農」站了起來。

「哎呀呀～被偷走了哦——怎麼辦？要追嗎？」

對於漢密斯的詢問，奇諾語氣冷靜地回答：

「犯人所在之國」
—He Had Done It.—

「不，還是算了。對方有地緣之利，若勉強追的話，我可不想被人從旁邊捅一刀呢。倒是目前我要先做的事情是——」

「嗯嗯嗯，要做什麼事？要做什麼事？」

漢密斯滿心期待地詢問，奇諾回答：

「就是報警。」

「在那以前先把我抬起來啦！」

「好奇怪喔——這絕對太奇怪了——」

漢密斯在飯店房間裡喃喃說道。

漢密斯的左邊、龍頭前端及後腳踏，在翻車的時候有傷到。至於後輪右邊的箱子，已經恢復原狀裝回去了。

夜晚來臨，外面已經烏漆抹黑的。在點著小燈的房間裡，襯衫打扮的奇諾仰躺在床上。毛毯只蓋到腳下。

「…………」

而且兩眼是睜開的。

這是白天遭到男子攻擊後所發生的事。

奇諾請居民立刻報警，不久那位高大的刑警趕過來了。

奇諾與漢密斯把發生的經過全說給他聽，並提供擋在路上的車子，與稍微沾有男子血跡的小刀當做證據。

結果車子是偷來的，上面沒有留下任何物品與指紋。

「放心！只要把血送去做ＤＮＡ鑑定就能定他的罪哦！」

漢密斯說道。

「『ＤＮＡ鑑定』？那是什麼？」

刑警不解地問道，漢密斯小聲地說：

「嗯～將來或許會有那種鑑定法啦——」

「犯人所在之國」
—He Had Done It.—

奇諾因為自己的掌中說服者被偷，很可能會被對方濫用，因此告訴警官們要特別小心。

刑警立刻下令在市區搜索那名男子的行蹤，並且派警官到他的住處。

如果男子在家，他的腳跟耳朵的傷口是不動如山的鐵證，就能夠以他對旅行者殺人未遂的罪名緊急逮捕，而「森之人」也會視為物證而當場收押他。

奇諾與刑警一起前往警署，在那裡等待聯絡。

後來在太陽快下山的時候，派去的警官以無線電回報說男子在家裡，還說他全身上下都沒有受傷，他都仔細看過了，腳跟耳朵連一點擦傷都沒有。

然後男子在家裡從中午就一直在舉行派對，他找來一大票附近的鄰居跟朋友同歡。

抵達他家的警官們被賓客們團團圍住，逼不得已只好說出他們是來搜查有關午後在市區發生有人想殺旅行者未遂的案件。

「你們是白癡嗎？一直待在派對的人，要怎麼做那種事情呢！」

所有人開始群情激憤地抗議。

這時候刑警請按照指示前往的警官們先待命，再跟奇諾與漢密斯確認一次事實。

「絕對沒錯，我傷到他了。」

「我的確看到了喲。小刀上面不是有血跡嗎？奇諾再怎麼殘忍，也不可能平日都隨身攜帶沾有他人血跡的小刀吧。」

聽完奇諾與漢密斯的話，刑警只好下令警官隊撤退。

然後到了晚上，市區也沒有找到那名男子，於是奇諾他們在警方的護送下回到飯店裡。

就在這個時候——

「今晚不是在警署保護我們的安全啊。」

漢密斯對刑警說道，刑警說：

「看起來他只是想給你們一點教訓，應該不會再攻擊了吧？」

「是嗎……那麼，萬一那名男子攻擊奇諾呢？」

漢密斯開心地問道，刑警則是——

「那個時候——請務必把他給殺了！」

他毫不避諱地說出真心話。

奇諾躺在床上。

「嫌犯的真實身分或生死，老實說我一點都不感興趣，但是『森之人』怎麼辦？」

漢密斯用一貫的語氣說出令人不安的事情。

「怎麼辦呢……」

奇諾一面望著天花板，一面說：

「我有辦法。」

「說來聽聽。」

「第一，就算跟那種瘋子有更進一步的牽扯也不會有任何好事，因此乾脆徹底放棄『森之人』，照預定計劃在明天出境。」

「嗯嗯嗯。不然，在這國家買一挺說服者怎麼樣？」

「這個嘛……到時候再說吧。如果找得到性能不錯，又是點二二口徑的自動手槍。」

「第二是什麼？」

「不理會那名男子，專心找『森之人』，延長停留在這國家的日子，直到找到為止。若那名男子找地方把它丟了或賣掉，只要找到就去拿回來並出境。」

「嗯嗯嗯。不過～這可能性有點低呢，那麼——第三是什麼？」

漢密斯彷彿知道有第三個辦法似地問道。
奇諾按下床舖旁的開關，發出「啪嚓」的清脆聲音，小燈隨之熄滅，整個房間變得黑漆抹烏的。
接著奇諾回答漢密斯的問題。
「就算把那名男子殺到只剩半條命，也要把『森之人』搶回來。」
「嗯嗯嗯。」
「我是不知道一挺說服者，到底有沒有痛擊某人的價值，不過——」
「不過什麼？」
「對我來說，它是一挺充滿回憶的說服者，往後仍想要好好珍惜它。」
「是啊。」
「所以……」
「所以什麼？」
「明天再決定。」

「犯人所在之國」
—He Had Done It.—

「晚安，奇諾。」

「晚安，漢密斯。」

黑暗中傳來厚布塊互相摩擦的「沙沙」聲，不久就停止了。

隔天。

奇諾入境後的第三天早上。

「結果昨晚也沒來攻擊我們啊——害我一直磨拳擦掌，等著賞他一腳呢～」

奇諾與黎明起床的那一瞬間，漢密斯如此說道。

「早安，漢密斯。」

「早安，奇諾。」

「每天若過著這樣的日子，可真開心呢……」

「人生不可能事事順心哦，奇諾。」

奇諾稍微拉開窗簾，外面正下著雪。

「哎呀呀～不覺得這雪下得有點早嗎？不過，搞不好會變成雨呢。」

「這樣的話，我很想趁這國家積雪以前出發耶……」

漢密斯與奇諾說道。

今天奇諾在沒有「森之人」的情況下，做每天早上必做的拔槍射擊練習。然後沖澡、吃早餐，原則上出發的準備全都就緒了。

「好了～我覺得應該是差不多了——」

奇諾說道，漢密斯問「什麼差不多了？」

幾乎在那個同時，有人來敲房門。

「旅行者，警察來找您了。」

服務生前來叫奇諾。

辦完飯店的退房手續以後，再次趕到警署的奇諾與漢密斯，在那裡看到大量的照片。

攤在桌上的黑白照片上，是被砍得慘不忍睹的男性屍體影像。

「犯人所在之國」
—He Had Done It.—

身體被剖開，內臟被拉出來的男性臉上，額頭那邊有被子彈打中的小洞，是畫出美麗三角形的三個小洞。然後，在現場也發現到被視為證物的三個空彈殼。

「原來如此，是我的說服者呢。」

在奇諾證實後，高大的刑警說：

「是昨晚發生的，也是第二十五名犧牲者。然後這個，應該是給妳的訊息。」

再把最後一張拍攝牆壁的照片拿給奇諾看。是把被害人的內臟當做筆寫出來的：

『謝謝妳的武器，多虧這樣讓我的「工作」輕鬆許多。往後我也會充分使用它的，以後我們見不到面雖然有些寂寞，但是妳在旅途中可不要忘了我哦。』

「…………」

坐在椅子上的奇諾，把照片一張張地拿給漢密斯看。

「這沒什麼好在意的哦，這只是在挑釁而已。額頭上的彈孔，從死者的出血得知是被刀子砍殺之後再補上的。看來那名男子的槍法並不怎麼好呢。」

漢密斯立刻回答，刑警也繼續表示：

「從鑑識結果已經非常了解，嫌犯從頭到尾只是靠刀械傷人的方式得到快感。過去他從未使用過說服者，而涉有嫌疑的那名男子，也沒有持有槍枝的合法執照。」

雖然刑警是那麼說，但奇諾則保持跟平常沒什麼兩樣的表情說：

「不過，我心裡還是不太爽。它本來就是用來暗殺的說服者，而我自己也殺過幾個人。儘管如此，也不能把它留在這個國家。」

「喔，奇諾要延長停留的時間嗎？」

「如果有必要的話。」

「也就是所謂的『沒有不辯解的夏露露』（註：應是「沒有無例外的規則」）對吧？」

「…………」

「這個嘛，嗯。」

刑警不改其慎重態度地說道：

「如果妳覺得自己有責任，也想把說服者搶回來而願意協助我們，那真的幫了我們好大的忙。只不過，希望妳不要認為嫌疑犯會很簡單就被抓到。」

漢密斯非常乾脆地說：

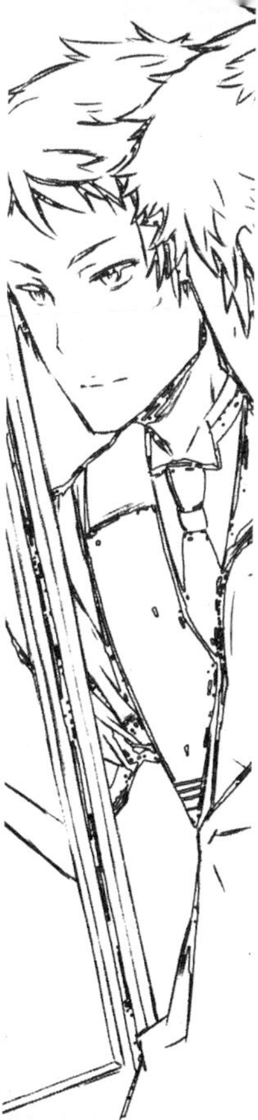

「管他什麼嫌疑犯來著，反正就是那個男的幹的不是嗎？畢竟是在大白天看到的，絕對不會有錯哦。」

「不過，他當時的確是在距離遙遠的地方。」

「好像是呢……」

漢密斯這時候一度沒把話講下去——

「對了刑警先生，因為這很平常也太理所當然了，所以過去反而都沒說——」

「什麼事？」

「那名男子，會不會其實有雙胞胎兄弟啊？可能是其中一方，或者兩人輪流做壞事。之所以永遠都有不在場證明，該不會也是刻意安排的？」

奇諾首先對那些說法發表意見。

「我也懷疑過會不會是雙胞胎哦，漢密斯。不過，我認為那種事情警方一開始也有想過。只要稍微調查過那名男子，應該馬上就有結果了。」

「這個嘛~的確沒錯呢……」

漢密斯與奇諾兩人說的話語尾很含糊。

「你們——」

這時候刑警一臉嚴肅地詢問。

「提到的『雙胞胎』是什麼?這有什麼特殊……是指能夠使用魔法般手法的人嗎?」

「什麼?」「什麼?」

奇諾與漢密斯的聲音，完美地一起脫口而出。

當漢密斯詳細慎重地解釋什麼是雙胞胎——

「怎、怎麼可能有那麼扯的事情?一起出生且長相一樣的兩個人……」

從椅子站起來的刑警訝異地臉色慘白，不僅是他，連鄰座體格健壯的年輕刑警也是，幾名站在旁邊的警官也是。

照他們的反應判斷——

「似乎真的不知道呢……」

奇諾小聲地對漢密斯說道。

「雙胞胎是最容易產生的血統，反之亦然呢。這國家從古至今不曾出現過雙胞胎喲。」

漢密斯也小聲回答，然後──

「以前不曾有雙胞胎旅行者或商人造訪這個國家，這真不知道是好是壞呢。要是來的話鐵定會被講什麼不好聽的話，那絕對會得罪人哦。在此先代替這個國家向雙胞胎們道歉。呃──全世界的雙胞胎，對不起。這個國家比較特殊啦。」

不斷重覆說「真不敢相信」且搖了好幾次頭的刑警，終於「咚！」地坐回椅子上。

「可、可是……要、要是那樣的話，就能夠說明一切了……果然是那名男子幹的！不，是那對兄弟！」

「手法愈簡單，效果會愈高呢～」

漢密斯說道，然後──

「怎麼辦？要申請拘票嗎？」

刑警稍微考慮之後──

「…………」

他不發一語地搖頭。

「這個嘛～也難怪啦。」

漢密斯完全無視警官們的想法，略帶開心地說道。

「首先必須證明他們是雙胞胎，並且申請兩份拘票才行呢。不過，或許那男子的父母——」

「並沒有辦理出生登記。」

奇諾接著漢密斯的話說道，然後——

「或許有人悄悄產下雙胞胎，但害怕在這國家會被當成異類，於是一直隱瞞沒說。應該就一面保護兩人一面撫育他們長大，然後輪流外出吧。」

「這也太辛苦了吧，這就是母愛呢～」

「不過，等成長到某個程度，他們發現那可以用來當做自己的不在場證明，於是想成為所有人絕對抓不到的犯人。這是我個人的猜測啦，但或許很久以前就——」

體格健壯的年輕刑警「啊！」地察覺到什麼事。

「妳是說還有其他罪行嗎？」

「或許有呢。像相當難解決的案件，該不會是他……不，是他們幹的呢？」

「犯人所在之國」

—He Had Done It.—

「對喔！因此才突然變有錢人，事業也很成功，還住那種豪宅……真是可恨哪！」

年輕刑警氣得用拳擊搥手掌。

漢密斯則說：

「這是怎麼回事啊～必須合法掌握真有這兩個人，再讓他們登記戶籍，接下來才能申請拘票？這似乎要花很多時間呢～」

奇諾也有些不甘心地如此說道：

「實在是，沒那麼多耐心等那些程序走完呢……」

「妳決定把剩下的事情交給這國家處理，放棄『森之人』出境嗎？」

「嗯──……」

聽到漢密斯與奇諾之間的對話，高大的刑警──

「我說兩位旅行者──」

突然用驚人的語氣說道。

「當初入境的時候，想必你們有確實聽過衛兵說明的法律，那是有理由的。」

「等一下！警部！」

年輕刑警跟他旁邊的警官們都臉色大變。

「大家安靜！……我說就好。」

高大的刑警制止他們。

「什麼什麼？」

「什麼樣的理由？」

聽了漢密斯毫無緊張感的台詞，與奇諾語氣認真的話，刑警回答：

「那些法律並不適用在你們身上。」

就在白天過了一大半的時候。

早上降的雪已經變成雨。

冰冷的細雨靜靜下著，把位於森林中的漂亮房屋白色屋頂打濕了。

「到了～」

「犯人所在之國」

—He Had Done It.—

在那棟房屋前面，響著轟隆隆引擎聲的漢密斯停了下來。

後輪上方的載貨架已經沒有包包，只綁了一個木箱。

騎車的當然是奇諾，她的帽子與大衣都被雨淋濕了。

奇諾用腳架把熄掉引擎的漢密斯撐起來。她摘下防風眼鏡，脫下大衣把它捲成一團，再把那些物品擺在地上。

穿著黑色夾克的奇諾右腿上，有顯眼的「卡農」的槍套。

「好了，我走囉，漢密斯。」

「路上小心哦——」

被雨淋濕的奇諾往玄關走去，在雨靜靜下著的聲音裡，還夾雜著踩踏碎石子的聲音。

當奇諾站在玄關前面，便把手伸向門鈴並按下它。

幾十秒以後——

「來了，請問哪位？」

結果開的不是玄關，而是左邊的窗戶打開了，並探出一名男子的臉。

他跟昨天在城鎮對峙的嫌犯長得一模一樣，雖然相貌難以區分，但他的左耳並沒有傷口。

「…………」

奇諾不發一語地拔出「卡農」，迅速指著男子的頭並開槍。

「那些法律並不適用在你們身上。」

聽了刑警的話——

「…………」

奇諾並沒有說話還皺眉。

「什麼？」

漢密斯則是反問他。

在表情一副快哭出來的年輕刑警與警官們的注視下——

「這國家的法律並不適用在像你們這樣的外國人。很久很久以前，當這國家在制定法律的時候，把適用對象設定在『僅限於這國家的國民』，但現在幾乎已成為沒有實際效力的條文，只有對法律

「犯人所在之國」
—He Had Done It.—

相當熟悉的人才知道這件事。」

高大的刑警用吐出艱辛過去的口吻說道。

「由於旅行者與商人愈來愈多，照理說應該盡快修改條文——但就一直不了了之。於是警方不厭其煩地主動說明刑法，讓入境前的旅行者與商人了解，並且用『這國家取締很嚴格』的說法對他們施壓。結果這個方法奏效，截至目前為止的訪客都沒有犯罪。」

「…………」「這樣啊～」

「所以，如果講白一點——旅行者就算殺了人，我們也無法問那個人的罪，頂多只是驅逐出境而已。」

「…………」「你大可以說『就算奇諾殺了那名男子』呢。」

「我想說的話就這些了，要是有人問起，大可報上我的名字沒關係。」

刑警語氣沉重地說完那些話。

「我非常了解你的意思了。」

原本靜靜聽他說話的奇諾開口說道。

「也就是讓我來執行你們辦不到的事情對吧？」

「沒錯。」

「那麼，我就在這裡把話說清楚。」

「…………」

「我沒有打算要殺了那名男子。」

頭部中彈而力氣盡失的男子，身體從窗邊滑下來，整個人倒在樹叢裡。

「…………」

奇諾又繼續對他的身體開了四槍。分別往兩手手肘與兩腳的膝蓋，確實地各開一槍。

住宅區槍聲響起，但又隨著白色煙霧消失在雨中。

男子躺在窗戶外面濕答答的泥土上。

「哇！哇！哇！哇！」

每當奇諾節奏性地開槍，他也節奏性地喊叫。

「犯人所在之國」
—He Had Done It.—

命中他的子彈又反彈回來，那是用硬橡膠做成的子彈。

以極近距離挨子彈的男子，雙手雙腳都麻痺了，簡直已經無法動彈。奇諾用兩手抓住男子兩邊腳踝——

「喝！」

邊吆喝邊用力拖著他走。

「嘎啊啊……」

男子在泥土與碎石子上面，像貨品似地被拖走。

奇諾把男子拖到漢密斯旁邊，再把他藏在車體後面，並且替換「卡農」的彈匣。裡面還是裝填非致死性的橡膠子彈。

「好痛……妳、妳想做什麼……我、我到底……做了什麼……」

漂亮的襯衫與長褲全沾滿泥巴，他端正的容貌也滿是淚水，男子拚命地掙扎。

「……」

奇諾並沒有理會，還迅速把那名男子的手腳用繩索綁起來。

然後問：

「今天上午，你好像曾開車往來市區對吧？」

手腳的疼痛好不容易減輕的男子，狠狠瞪著奇諾。

「就、就算有，又……又怎樣？為什麼我非得遭受這種待遇！別開玩笑了！可惡，好痛啊！」

「如果是後車箱，就算藏一個人也不會被發現呢。過去你都是用那種方式，順利地往來你家跟市區對吧？」

「妳在講什麼啊……？我並沒有載任何人！」

漢密斯詢問倒在眼前的男子。

「這麼說，那個屋子裡現在都沒人囉？」

「沒有！」

「真的嗎？」

「真的！」

「那就好。」

漢密斯與男子對話的時候，奇諾已經打開木箱，拿出裡面的防毒面具。

她的臉整個蓋住，是眼睛位置裝了兩塊玻璃，嘴巴位置裝了淨化毒氣的鐵罐的防毒面具。

奇諾摘下帽子，一面把那個面具戴在臉上——

「與師父同樣的作戰，結果這是第一次啊……那我就拿出來使用了。」

一面對不在現場的人致上感謝之意。

奇諾確定臉部與防毒面具沒有空隙以後，便拆下鐵罐的封條，並且確認呼吸好幾次。

「妳、妳想做什麼？」

男子問道，漢密斯則回答：

「嗯。接下來站在那裡的旅行者奇諾，將要把你家燒光光——」

著裝完畢的奇諾，從木箱拿出一個布袋，再斜背在右肩，裝在裡面的東西「嘎嚓嘎嚓」地發出撞擊聲。

「咦，知道裡面裝什麼東西嗎？」

漢密斯在雨中詢問整張臉都濕透了的男子。

「我怎麼可能知道啊！」

戴上防毒面具的奇諾，一步步地走近那間豪宅。還一面發出「嘎嚓嘎嚓」的聲響。

「全都是火焰瓶，等一下就要把那棟房子燒成炭囉～！」

「什——住手！那是我家耶！是我家啊！」

「那我當然知道——」

奇諾站在剛剛把男子拉出來的窗戶前面，然後往裡面窺視。呈現在眼前的是寬敞的客廳。

「……………」

奇諾用左手從布袋裡拿出一個瓶子。瓶身因為塗成黑色看不見裡面，不過瓶蓋部分有露出短短的線頭。她用右手扣「卡農」的扳機的力量，用力拔那線頭的前端，再往屋裡面丟。

室內發出什麼東西「嘩啦」地破碎的聲響，然後白煙隨即冒出來。不到幾秒鐘，房間瀰漫著煙霧，還從窗戶冒出來。

「咦？第一個沒有順利點燃嗎？奇諾，再多丟幾個吧。」

漢密斯似乎很開心地說道。

「住手——！妳這個瘋子！」

聽著男子大聲喊叫——

「…………」

不發一語的奇諾把身體鑽進煙霧冒出來的那扇窗戶，然後進入那棟房子。

「這就是那名男子住處的平面圖，是從十年前蓋那棟房子的建設公司拿來的。」

聽到刑警這麼說——

「合法取得的嗎？」

漢密斯故意挖苦他，奇諾則說：

「現在就別追究那些了——這對我很有幫助呢。」

她仔細地凝視那張圖面。

奇諾謹慎地走在煙霧瀰漫且空無一人的客廳，她又從布袋拿出一個瓶子並且拉上面的線頭。

那並不是什麼火焰瓶。而是不會冒出任何火焰，只會拚命冒出白煙的煙霧筒。

奇諾用摸索的方式，找到從客廳通往走廊的門。當她微微打開，也在同時把煙霧放進走廊裡。

長長的走廊，因為煙霧而慢慢看不見周遭。

「…………」

舉起「卡農」對準走廊的奇諾，等四周變成一片純白以後，便開始往走廊前進。

刑警看著一直凝視平面圖的奇諾，然後問漢密斯：

「她想把平面圖記起來，然後在煙霧中戰鬥嗎？」

「沒錯哦——」

「我認為用煙把對方逼出來的作戰，應該非常有效。只不過，也會出現對方忍受煙燻展開攻擊的狀況吧？」

「是沒錯啦～這只是一般煙霧，並不是有毒氣體。」

「那種狀況的話，在視野一片白色的情況下戰鬥不會不利嗎？畢竟那是對方自己的住處，應該能完美記住空間配置吧？」

「一片白？啊，奇諾不會有問題的。」

「怎麼說？」

「等完全看不見的時候，她會閉上眼睛。」

「不會吧——」

「教她戰鬥方法的人，讓她練習得很徹底哦。還有像是沒有燈的室內，或者漆黑空間的戰鬥方法。以及既然看不見就不要勉強看，索性閉上眼睛的做法。」

「到底，怎麼做啊……？要靠什麼戰鬥呢？」

「那個嘛～首先是聲音。再來是仰賴摩托車所沒有的事物。」

「那是什麼呢？」

刑警問道。

「感覺。」

漢密斯簡短地回答。

在染成一片白的走廊緩緩前進的奇諾，用左手撫摸牆壁。

那裡就跟平面圖一樣，有通往寢室的門跟門把。

奇諾拿出煙霧筒並拉開線頭。她輕輕轉動門把，再從打開的狹窄縫隙將瓶子往裡面丟。

等了幾秒鐘，確認裡面完全沒聲音以後——

「…………」

再照記憶中的地圖慢慢移動。

從外面雖然看不見火焰，但看到有煙霧從縫隙微微冒出來。

「不、不好了！失火了！」

騎著腳踏車經過的中年男子大聲喊叫。

男子似乎完全沒看到停放在那裡的漢密斯。

「救、救命哪……」

以及綁在他前面痛苦掙扎的男子，急急忙忙在雨中騎著腳踏車，進入樹林後隱約可見的鄰家。

然後——

「不好了！隔壁失火了！快打電話通知消防隊跟警察！」

在鄰家大喊的男子，又騎著腳踏車拚命衝，馬上通知其他戶人家失火的事情。這全都照奇諾的作戰計畫走。

如此一來附近居民不僅聽到騷動，還會看到冒出的煙霧，然後慌慌張張地湧到男子家門口。

大約二十名撐傘的居民——

「失火了！不好了！」

被不斷冒煙的房子嚇到。

「喂！你沒事吧——怎麼會被綁起來呢？」

接著，看到被綁在玄關前，像毛毛蟲那樣蠕動的男子而感到訝異。

「…………」

漢密斯一句話也沒說，因此就任由居民們把男子手腳上的繩索解開。

「你沒事吧！太好了太好了！」

一無所知的親切居民們，替男子的平安無事感到高興。

就在那個時候，大大小小約十輛的警車與兩輛消防車，以及一輛救護車正鳴著警笛蜂擁而至。

居民們都還沒有反應到警察跟消防隊怎麼會那麼快，而且大批地趕到。

「喔喔！太好了呢！可以請他們馬上滅火！」

「不不不，能夠像這樣撿回一命已經是萬幸了！」

「沒錯沒錯！房子還可以再蓋！在那之前可以住我家哦！」

他們對男子說了非常非常親切的話。

「…………」

男子完全沒有回答。他慘白著臉，也沒有活動已經自由的手腳，只是坐在漢密斯前面。

住在附近的年輕單身女性，趁這個機會從後面溫柔抱住男子。

「天哪～真可憐……居然怕成這樣……沒事了喲……」

「好奇怪哦……」

奇諾在屋內丟了十幾個煙霧筒以後，輕聲地喃喃說道。

如此一來布袋裡已經沒有任何煙霧筒了，倒是這屋子的所有房間都至少有一個煙霧筒，目前仍持續冒煙中。

這寬敞的屋子裡沒有一處不在冒煙，周遭彷彿陷在霧裡般地變成白茫茫一片。

然後，屋子裡沒有人類移動的跡象，也沒有咳嗽聲。

「奇怪。」

那個時候在屋子門口——

「為什麼不進去呢？」

聚集著圍在消防隊旁邊的居民們——

「因為沒看到火。這並不是一般火災，有可能是什麼藥品產生反應，導致屋內充滿了特殊煙霧。我們正在等後援部隊帶氧氣瓶過來。」

與說著事先準備好的謊言而不進屋內的消防隊——

「……………」

以及不發一語，默默治療被奇諾擊中處的男子。

然後——

「要不要緊哪？不覺得花太多時間了嗎？」

「或許吧。」

「也沒聽到槍聲哦。」

「表示還沒有找到呢——雙方啦。」
刑警與漢密斯在稍遠處如此對話。
漢密斯詢問刑警：
「對了，有關那張平面圖——那上面的資訊正確嗎？」
「當然正確，那是我監視的時候到手的東西。上面並沒有房屋被改建的資訊。因為這個國家如果要改建建築物，也須得到改建的許可呢。」
「那我問你，那棟房子在建造以前，還有其他房屋嗎？」
「那個嘛……我不知道，這話是什麼意思？」
「如果，那個房子在這裡建造以前還有另一個房子。也就是說……既然要把它拆掉，但若是那名男子蓋的——」
漢密斯的話講到一半，刑警就已發現找到答案了。
「糟糕！有地下室是嗎？」

「犯人所在之國」
—He Had Done It.—

在白色煙霧中，戴著防毒面具的奇諾喃喃說道：

「果然有地下室啊……」

然後一面用靴子堅硬的鞋跟用力敲擊地板，一面在屋內快步行走。

「答對了。若男子這時候潛入屋子裡，也只有躲那個地方哦。只要有空氣流通的地下室，就能夠熬過那些煙燻。就算平時用來藏匿也很方便呢。」

「可惡！要不要旅行者暫時退出來？」

「有點太遲了。更何況她出來的話，警方不是得同時把『無惡不作的奇諾』扭送到警局？原則上啦。」

「……沒錯。」

「因此，下一次奇諾出來的時候，就得跟那名男子一起出來才行。現在則是最初也是最後的機會了。」

「可是，她進去地下室找的話，不是更不利？」

「這個嘛～這是奇諾的事，我想她心裡應該早就有譜哦？」

「需不需要警官們衝進去幫忙？」

刑警問道。在警方的卡車裡，也有攜帶防毒面具的警官在隨時待命。

「不，還是別那麼做比較好，那反而會妨礙到奇諾。」

「那麼，旅行者會怎麼做？一旦知道情況對自己不利，會出來嗎？」

「不，就算她知道那件事，應該會基於只能夠設法解決而繼續往前闖。」

「…………」

「因為沒有其他辦法。」

「我不覺得她是為了這個國家才那麼拚，被奪走的說服者真有那麼重要嗎……？」

「或許吧。」

繼續用靴子腳跟敲擊地板的奇諾——

「…………」

發現到聲響明顯不同的地方。

根據平面圖所示，那裡是被當做倉庫使用的房間。是日常生活中唯一沒在使用的房間。

奇諾蹲下來，把眼睛湊到在濃煙密布下也能看得見的距離，然後看到地板上有些微的縫隙。

她把手指頭伸進去，但仍然舉起「卡農」做出隨時開槍的動作，再挪動就算有人突然跳出來或開槍都能應付的身體——

「嗨咻！」

然後一口氣把地板拉起來。

地板出現一個人可以出入的洞穴，還有風從那裡面吹出來。來自地下的風把瀰漫屋內的煙霧往後吹，奇諾的視野也稍微開朗些。

「…………」

那裡有木製樓梯，是向下通往漆黑空間的樓梯。奇諾將「卡農」對準那片黑暗開了一槍。

那個槍聲在屋外聽起來很小聲，但卻驚嚇到附近的居民們。

「很、很可能是什麼爆炸的聲音！太危險了，大家往後退一點！」

警官半認真半驚慌地演戲。

至於刑警——

「幹掉他了嗎?」

然後漢密斯說:

「不曉得,或許只是發現到地下室而已。因此,不管怎麼樣先往裡面開一槍試試看。」

「為什麼那麼做?威嚇對方嗎?」

「不,是利用迴聲確認裡面有多寬敞哦。」

奇諾摘下臉上的防毒面具。同時,毫不猶豫地開始往漆黑的樓梯走下去。

她進入空氣濕冷的空間,再親手關上地板。在漆黑的空間裡,踩著紅磚造的地面。

裡面沒有聲音。

奇諾原本打算從口袋拿出小型手電筒。

「……………」

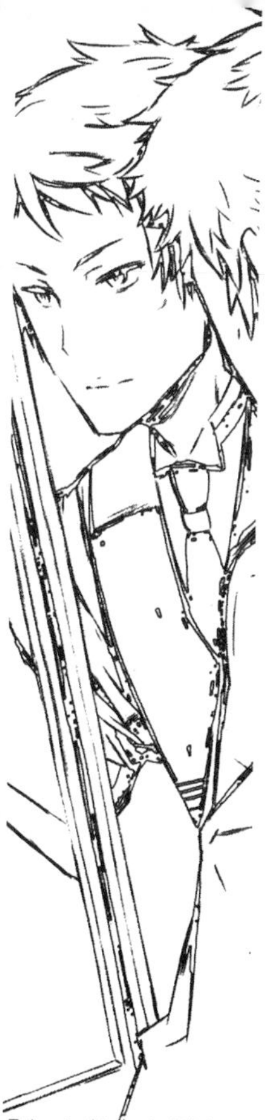

但突然作罷。

反倒是當場蹲下來，伸出左手撫摸牆壁。

她慢慢伸出右腳，觸碰右邊的牆壁。確認自己在細長通道上的地下室，奇諾用右手的「卡農」的握把敲打地板。

隨即發出「喀——！」的清脆聲音，然後反彈到奇諾耳裡。

奇諾在不發出腳步聲的情況下往前走三步，然後再敲打地板，接著又重覆相同的動作。

敲完第三次沒多久——

「…………」

奇諾往左邊的牆壁一記飛踢。

黑暗中有許多聲音同時發出——被踢中的薄木門咯咯作響的聲音、門後傳來「森之人」連續開槍的聲音、那子彈穿透門板的聲音、然後飛過奇諾頭頂，打碎走廊對面紅磚的聲音。

「……五、六、七。」

拚命趴下的奇諾數到七。

等射擊一停止就立刻站起來，以左腳為重心猛踹門。

她發狠地踹好多次，踹到第五次的時候，門整個彈開並飛落到裡面。

接著奇諾用「卡農」朝漆黑的空間開一槍。

在狹小的空間劇烈迴響的槍聲——

「哇！」

還夾雜了男子的慘叫聲。

然後有人吧噠吧噠衝出來的聲音，奇諾沒有硬追，她等待那個聲音結束。

當聲音一停止。

「哼！真是蠻幹！妳並不是條子！應該是旅行者吧！想不到妳終於到這裡來了呢！」

就在聽到男子興奮又開心的聲音同時——

「但我不記得有邀請妳哦！」

男子的聲音聽起來就在附近，但似乎是躲在角落，聽起來只是稍微響一點。奇諾沒有用「卡農」開槍，她仍舊蹲在被她踢飛的門板旁邊。

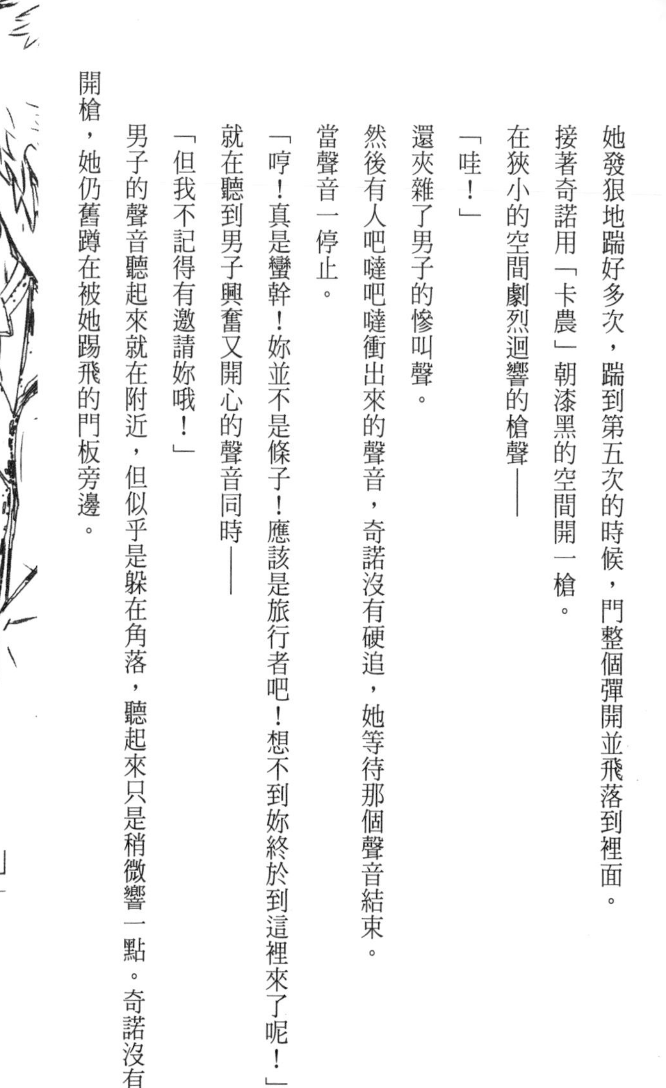

「犯人所在之國」
—He Had Done It.—

然後對著暗處回答：

「沒錯，你好。是我硬要求上面的人讓我進來的。」

「又來了，反正是用威脅的吧？妳這傢伙也真過分呢！」

「你是那個長得很像的哥哥吧？還是弟弟呢？」

「哈哈！妳不愧是旅行者！跟這國家那群白癡不一樣！」

「我果然沒猜錯——請你把那一挺說服者還給我。」

「不行，接下來我還要多多利用它殺人呢。」

「裡面應該已經沒子彈了吧。」

「……妳怎麼知道！」

「因為是我自己的說服者。」

「…………」

緊接著有什麼東西，發出金屬聲從屋瓦上面嘎噠嘎噠地滑下來。那個聲音從奇諾旁邊穿過，撞上地下室通道的牆壁就停止了。

「好了，還妳了哦！」

「謝謝。不過，能不能稍微小心輕放啊？」

「少囉嗦！既然是殺人武器，用那種方式還妳就可以了！妳這個殺人魔！」

「呃——我可以笑嗎？或者是生氣？」

「隨便妳！反正妳馬上就要死了！」

男子中斷黑暗裡的對話之後，「啪嚓」地打開什麼開關，然後，地下室亮起很小很小的燈，是以等間隔的距離垂吊在天花板的迷你燈泡，微微亮著橘色的燈光。由於光線非常微弱，天花板的紅磚圖案只能勉強看得見。

「…………」

奇諾慢慢環視四周，儘管眼睛已經習慣黑暗，但除了發亮的地方，其他什麼都看不見，連自己的手也看不見。

男子的聲音傳進奇諾耳裡。

「啊哈哈哈哈哈！嚇到了嗎？——我啊，在這麼昏暗的地方也看得見哦，我的眼睛像貓一樣在夜間也看得見。夜晚簡直是我的天下！所以，我在城鎮殺了許多人。因為，我看得到對方但他們卻看不到我！」
充滿自豪的聲音輕輕地移動。
「…………」
從奇諾的位置聽起來像是從遠處傳來，但因為迴音太大的關係，聽起來也像是在附近傳來。
「我啊，是被選上的人。是特殊又榮耀的人類，與連同妳在內的那些世間愚民不一樣。」
「…………」
「大家應該要心存感謝，能夠被全世界最了不起的我殺死。與其聽到慘叫聲，真希望他們對我說的是『感謝你』呢。」
聲音繼續移動。
「…………」
反倒是奇諾完全沒離開所在的位置。
然後，她輕輕閉上眼睛。
「啊啊～原來妳在那裡啊，旅行者。我現在就過去殺妳。」
「…………」
「死心了嗎？妳從剛才都沒動對吧？」

「…………」

「讓我聽聽妳的慘叫，讓我看看妳害怕的表情吧。讓我剖開妳身體，把內臟塞進妳嘴巴哦。」

「…………」

「我要趁妳還活著的時候拔光妳所有指甲，再把那些指甲塞進妳眼睛哦。」

「…………」

「讓妳到死以前，好好體驗被特別的存在殺死的喜悅哦。」

「…………」

「我一定要聽聽看那個感想。」

「…………」

「妳好像還在旅行，但也到此為止了！」

「…………」

「妳的旅行故事，進入最終回哦。」

「犯人所在之國」
—He Had Done It.—

「…………」

「喂，最後告訴我吧？馬上要被特別的我殺死，感覺如何呢？」

「…………」

「能夠成為地位比自己還高的存在的部分喜悅——」

「…………」

「害怕嗎？還是開心？」

「…………」

「啊哈哈哈！所以，差不多該讓我殺妳了吧。」

「…………」

「像我這麼偉大的人類，應該更加更加閃耀才對！」

「…………」

「為了達到那個目的，我應該要多殺人呢。」

「…………」

「我的地位比妳還高哦。是所向無敵，至高無上的存在哦！」

原本男子搖來晃去的聲音，在這時候突然靜止不動。

然後——

奇諾開槍了。

她對著幾乎一片漆黑的地下室深處隨意射擊。而且在閉著眼睛的情況下開槍。

槍聲響徹地下室——發出好長好長的迴音之後就消失了。

「嘎啊……」

接著傳來小鳥脖子被勒住時的聲音。

奇諾隨即用左手拿出手電筒並把它點亮，亮光照著紅磚地下室的地板，男子就仰躺在距離奇諾約三公尺的位置。

為了消除聲音，他還刻意全裸、打赤腳。兩手則各握著一把大刀。

然後他的嘴巴裡，是奇諾剛剛射擊的橡膠子彈。

「犯人所在之國」
—He Had Done It.—

「耶喔、耶耶、耶喔……」

男子一面流口水，一面痙攣地呻吟。

奇諾往前走幾步，站在全裸男子的腳邊。

他兩眼狠狠瞪著奇諾。

「…………」

不發一語地緊握住雙手的大刀。

「『所向無敵，至高無上的存在』？」

奇諾小聲地重覆男子說過的話。

「那是什麼？」

然後往爬起來的男子下半身開了一槍。

外面的雨停了。陰沉沉的天空下，在將近三十個看熱鬧的激動民眾，與警察、消防隊隊員以及漢密斯的注視下，房屋的門打開了。

戴著防毒面具的奇諾，從冒出白煙的玄關現身。

「是誰？那傢伙是誰？」

「一定是嫌犯喲！」

「警察！快逮捕她！」

居民發出慘叫與怒吼。

「是可疑人物！抓住她！」

「別讓她跑了！」

警官們滿心喜悅地邊說邊跑向奇諾。

「幫我們幹掉了嗎？」

「還不知道喲，剩下的就麻煩你們了！」

刑警與漢密斯交談以後，便衝向左右兩手被警官抓住的奇諾，然後直接讓她坐上警方的押解車離開。

幾十秒鐘以後，只有刑警下車並命令消防隊衝進去。

消防隊背著一開始就帶過來的氧氣瓶衝進屋裡，他們從裡面把所有的門窗打開，讓裡面瀰漫的

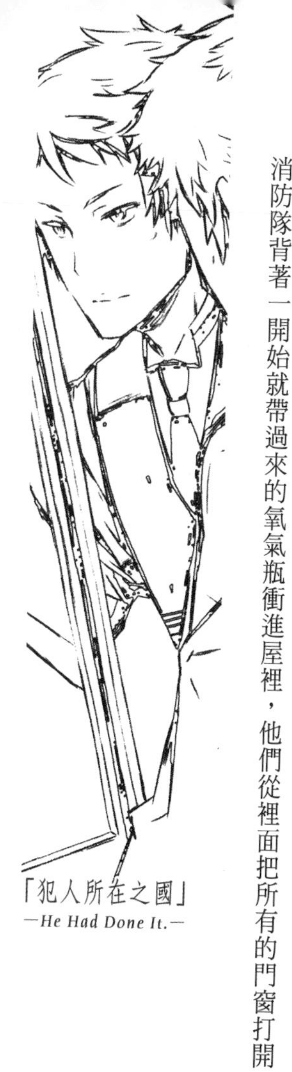

煙霧排到外面。

煙霧順利地從通風良好的房屋排出來，看到那個景象的居民——

「太好了！抓到嫌犯了哦！」

「房子平安無事！」

大家對仍癱坐在地上的屋主，異口同聲地這麼說。

「…………」

臉色慘白的屋主並沒有回答。

不久煙霧全排出以後，刑警站在男子面前。

「我們要進行現場蒐證，請讓我們進屋裡吧。裡面或許還殘留什麼犯罪事證。」

他講完這些客套話之後，就跟幾名警官進入屋內。

過沒多久用擔架把一名完全躺平的男子抬出來的警官隊說：

「他就在裡面。」

並當著居民與屋主面前把那男子放下來。

那名被毛毯裹住的男子的長相，與倒臥在路邊的男子一模一樣——

幾名同時見到他們兩人的居民，嚇得當場昏厥。
原本一直給屋主加油打氣的年輕女子，邊慘叫邊跑走。
看著擔架上耳朵有傷痕的男子，與低頭不語的屋主——
「這樣事情告了一個段落——應該吧？或者並非如此呢？」
漢密斯自言自語這麼說，但沒有人聽到。

美麗的夕陽從一望無際的雲層縫隙露出臉來。
沐浴在夕陽下的奇諾與漢密斯，目前在西邊的城門。
所有行李都已經堆在漢密斯上面，「森之人」也收在奇諾的腰際。
「你們大可以放鬆心情再多住一晚的。」
高大的刑警對奇諾這麼說，不過——

「犯人所在之國」
—He Had Done It.—

「但該做的事都做完了。」

奇諾婉拒了他的好意。

「而且，原則上我們算是非法入侵與施加暴行的嫌犯，更應該要逃走呢。」

漢密斯開心地說道。

「真是的，實在敗給你們了。真的很感謝你們來這個國家。」

刑警伸出手來，奇諾回握了他的手。

「那麼告辭了。」

「掰掰囉——」

接著奇諾發動漢密斯，穿過城門離開。

刑警在隨即開始關閉的城門後方，靜靜地目送他們，直到看不見人影為止。

「這樣得馬上找露營的地點呢。」

在夕陽中，奇諾一面讓漢密斯往前進一面說道。

「其實再多住一晚的話就能夠住在飯店裡，那可就舒服多了呢～搞不好還有大餐可吃哦。」

漢密斯從下方這麼說，從濕漉漉的道路濺上來的泥巴，不斷弄髒他的車身。

「反正『森之人』搶回來了就可以了，而且我們也拿到謝禮。老實說，我不想再跟那一家變態兄弟有任何牽扯。」

「喔！原來奇諾也那麼認為啊！」

當奇諾真心厭惡地那麼說——

漢密斯則非常開心地如此說道。

「你說『奇諾也』，難道漢密斯也是……」

「一般人都會那麼想吧，往那方面想也比較快！」

「不，就可能性的問題來說，並沒有確切的證據呢。」

奇諾一面那麼說，一面催漢密斯的油門。

「犯人所在之國」
—He Had Done It.—

旅行者出境的那天晚上——

在後巷慘遭殺害的居民屍體旁邊，有一段用鮮血寫的文字。

「這是替我的哥哥們報仇。」

尾聲

「所謂戰死之事・a」

—*Order!・a*—

尾聲「所謂戰死之事・a」

—Order!・a—

我的名字叫陸，是一隻狗。

我有著又白又蓬鬆的長毛。雖然我總是露出笑咪咪的表情，但那並不表示我總是那麼開心。我是天生就長那個樣子。

西茲少爺是我的主人。他是一名經常穿著綠色毛衣的青年，在很複雜的情況下失去故鄉，開著越野車四處旅行。

同行人是蒂。她是個沉默寡言又喜歡手榴彈的女孩，在很複雜的情況下失去故鄉，不久前才成為我們的伙伴。

這是我們造訪某個國家時所發生的事情。

那是位於寬廣平原地帶的某個國家，附近有許多類似的小國家。然後，一直在戰爭。

原因是搶奪資源。

由於不管哪個國家都沒有拓展城池的國力，因此把人往外送，設法開發資源。讓某些程度數量的人居住在開發地，再把到手的資源送回本國。

而圍繞在那種開發地的纏鬥，一直在這個區域延燒。

看來這塊區域的居民，從不曾有過「大家若坐下來談，不僅能減少損失也能順利解決」的合理想法。

亦或是，他們無法相信討論的對手。

而造訪的國家，也是持續這類戰爭將近一百年的國家之一。確定不是適合定居的國家之後，西茲少爺便準備盡快出境。

其實上一個造訪的國家，也是跟那種戰爭有關的國家。

原以為這個國家會不一樣，西茲少爺期待這裡會是為了停止戰爭而做努力的國家，但結果卻讓人非常遺憾。

堆好比平常還要多的食物與燃料之後，越野車便穿過城門離開。

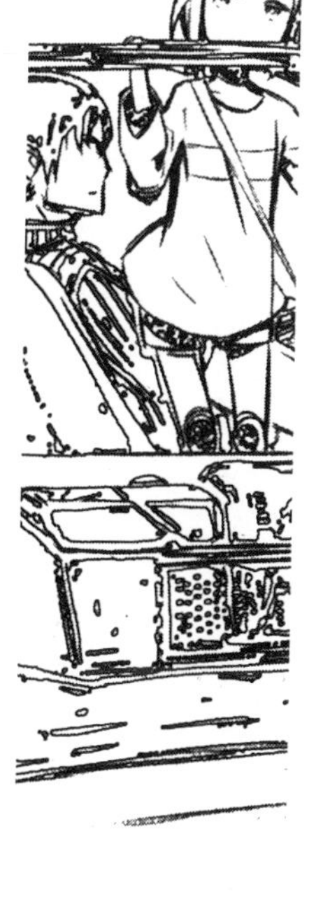

「所謂戰死之事・a」
—Order!・a—

當我們來到境外往前走沒多遠，發現在晴朗又乾旱的平原上有這國家的軍隊。

在出境的時候曾聽說他們在城牆外建造營地，然後在這裡生活，並且從這裡出擊。

道路兩旁排列著構造簡樸的帳篷。

士兵們則在那前面休息。

雖說是士兵，但幾乎都是小孩子。是十到十五歲左右的少年。

「是少年兵啊。」

西茲少爺喃喃說道。

無論哪一個國家，戰鬥大多是年輕男人的工作，當人數極端不足的時候，就會動員年輕世代的少年少女充當士兵。

只不過，讓國防意識高的志願者接受軍事訓練，正式穿上軍服，給予戰鬥裝備，支付薪水——然後當做正式軍隊運用的話，那倒還無所謂。

但軍隊有時候會強徵小孩當兵，或綁架他們進行洗腦教育、讓他們藥物中毒，逼迫他們成為士兵。但是針對他們的訓練與裝備都很匱乏，當然無法正常作戰。所以不是當正規軍的擋箭牌，就是把他們安排在作戰計畫當自殺行動的棋子。對軍隊來說，他們不過是簡便的消耗品。

現在，眼前這群把越野車當做稀世珍寶的孩子們，是屬於後者。

他們穿著又破又髒根本不算軍服的衣服，腳上穿的是涼鞋，沒穿鞋的也很多。武器雖然是栓式槍機的說服者，但也有人連說服者都沒有。

「…………」

蒂看著那群跟自己年齡不相上下的少年們。

看著用有如鬼魂般空洞的眼神注視蒂的少年們，蒂她自己有何感想呢？我不知道，西茲少爺也不知道。或許全世界沒有任何人知道蒂的腦袋在想些什麼。

就這樣，我們從帳篷間通過。

「╳╳╳╳！╳╳╳╳！」

一名不曉得大聲嚷嚷什麼的少年兵衝到路上，朝著越野車直奔而來。那個模樣怎麼看都不正常，但幸好他手上沒拿任何武器。

由於再這樣下去很可能把他撞飛，因此西茲少爺連忙踩剎車，但這個同時也傳來高亢的槍響。

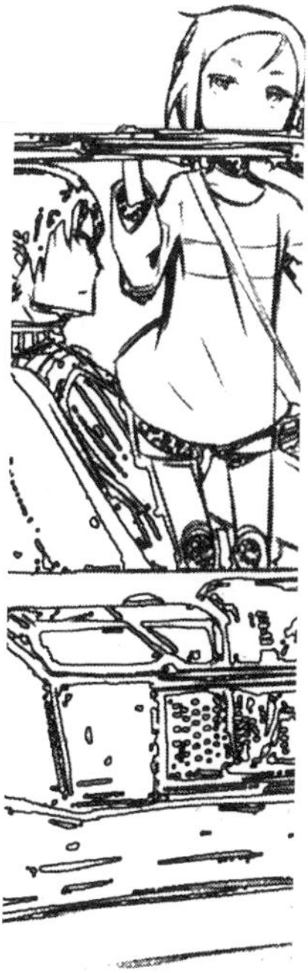

「所謂戰死之事・a」
—Order!・a—

剎那間身體抖了一下的少年兵停止奔跑，然後從頭部像噴泉般冒出鮮血，接著就倒在地上動也不動。

少年把大地染成一片血紅，恐怕他大約十年的人生就此結束了。

「所有人在原地待命！在那附近的傢伙，把那具屍體處理一下！」

用威風凜凜的聲音下令的，是一名拿著掌中說服者的男子。

他年約三十歲，經過鍛鍊的體格上，掛著階級章與動章，並穿著毫無髒污的軍服。而套在腳上的皮靴，因為上過油而閃閃發亮。

對於他這個正規軍人的命令，那些聽得到他聲音的少年兵們，像是被抽了鞭子似地直立不動，然後有幾個人為了處理屍體，衝到剛才還是自己伙伴的旁邊。

那名軍人一面把軍用自動掌中說服者收進槍套裡，一面喀喀喀地走向越野車。

「你好，旅行者們，剛才我的兵對你們太失禮了。」

他露出親切的笑臉對西茲少爺說話，然後看著蒂說：

「也嚇到小妹妹了，真抱歉。」

結果蒂看著他棕色的眼睛，難得開金口說：

「別放在心上。」

軍人剎那間嚇一跳，然後又噗哧笑了出來。

「哇哈哈哈！謝謝妳。」

唯有越野車的四周，充滿了和樂融融的氣氛。而剛剛被擊中頭部還在流血的少年屍體，被人抬走處理了。

仍坐在駕駛座的西茲少爺詢問軍人：

「其實我也沒放在心上，到底有什麼必要得殺死那個少年兵？」

「當然有。」

軍人立刻回答。

「如果射腳的話，就必須對傷兵進行治療，那根本是浪費藥品跟時間。而且，那傢伙對旅行者太沒禮貌了，要讓大家遵守規則，殺了他是最好的方法。順便一提，要是不射擊頭部，很可能會害後面的其他士兵被流彈傷到。」

「……原來如此。」

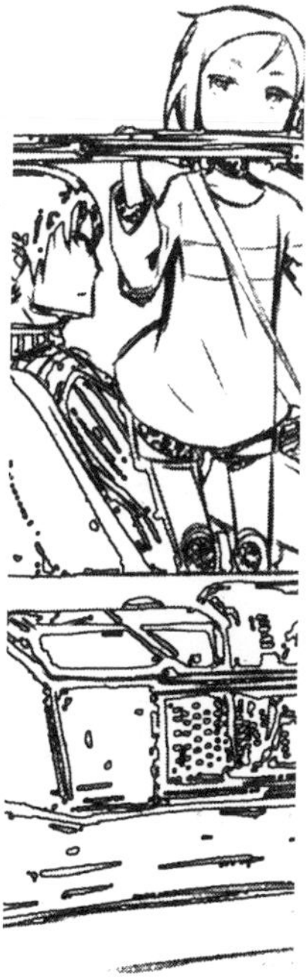

「所謂戰死之事・a」
—Order!・a—

「他是炸彈兵，因為受命帶著炸彈潛入樹叢，等敵軍車輛接近的時候再帶著炸彈衝上去。駕駛越野車前來的旅行者，在不久的將來也會是目標。只是……算了，請你不要放在心上，他們低賤的性命跟我們不一樣。為了保護自己與那位可愛的女孩及狗狗，想必旅行者也不會討厭殺人吧？」

「…………」

西茲少爺無法反駁他那些論調，因此沒有說話。

軍人又說：

「這樣站在路中央聊也不是辦法，我請你喝茶吧，要不要來我的帳篷？」

於是，我們被帶到帳篷下方。

距離少年兵的帳篷不遠處，有一區搭建了很堅固的帳篷，那裡當然沒有髒兮兮的少年兵們。

那裡有四個邊角用棍棒撐起的遮陽帳篷，中央擺了一張桌子，一邊擺兩張椅子，隔著桌子的另一邊是一張椅子。

西茲少爺與蒂坐在有兩張椅子的這邊，軍人則坐在對面那張椅子。

遮陽帳篷下有三名穿著乾淨的少年兵，他們以隨從的身分在軍人身邊工作。

他們很勤快地幹活，馬上就把茶端過來。還特地放在淺碟上面端給我，而那個淺碟還是充分冷卻過的，的確很機靈。

我聞了聞味道，然後稍微喝了一點──看起來好像沒下毒，是非常好喝的茶。

「在這裡工作的這三個，是特別優秀的士兵。看不出來跟剛剛那些傢伙一樣是少年兵吧？」

軍人笑著如此說道。

有毒的根本是他講的那些話。

看了看遮陽帳篷周圍，跟他一樣穿正規軍裝的成人，只有幾個人而已。

「正如你所看到的，這支部隊是少年兵部隊。是由幾名像我這樣的正規軍將校指揮帶隊。」

軍人刺探性地說道。

「一旦開戰，他們將不惜犧牲性命戰鬥，是很理想的士兵們。」

西茲少爺一面悠哉喝著送上來的茶，一面回了一句「原來如此」。

「他們必須遵從命令。不過，偶爾也會出現像剛才那樣的瑕疵品。」

軍人笑嘻嘻地說道。

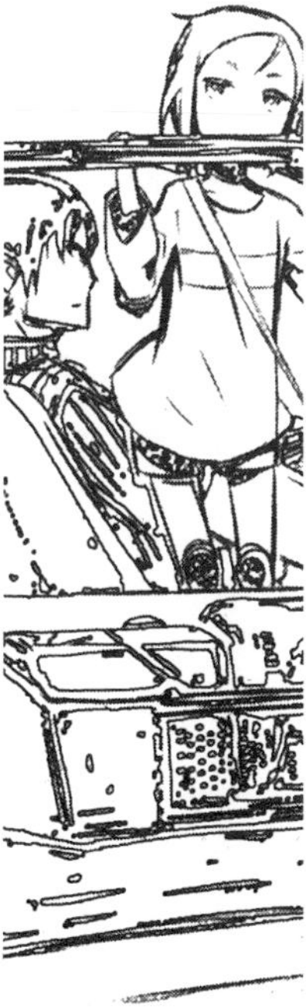

「怎麼樣，要不要表演給你看？」

然後從椅子站起來，轉向畢恭畢敬站在旁邊隨時準備倒茶的少年兵，再拔出腰際的說服者並遞給其中一人。

他對接下說服者且臉色完全沒變的少年兵說：

「咬在嘴裡，並且解除保險。」

「是。」

少年兵聽從命令咬著說服者。

「等我說『就是現在！』就扣下扳機。」

軍人對他如此說道。因為無法用言語答覆，所以是用冷靜的點頭回應。少年兵呆滯的眼神，沒有表現出任何情感。

軍人開心地問我們：

「怎麼樣？正如你們所看到的，想看我下命令嗎？」

西茲少爺簡短地說「不想」。

然後軍人轉向少年兵下達下一個命令。

「夠了，把說服者還給我吧。你們是士兵，沒必要死在這種地方。要死也該死在戰場上！」

少年兵從嘴巴拿出說服者並扳起保險，用布慎重擦拭過後再物歸原主。

然後——

「是的，我們要戰鬥而死。那是身為這國家的士兵應盡的任務。」

「沒錯，表現得很好——無論發生什麼狀況，都要經過奮戰才能死！千萬不要忘記哦！」

「是！」

就這樣，超變態的示範秀結束了。

我跟西茲少爺並沒有特別說些什麼地喝茶。

「那是怎麼辦到的？」

蒂問道。

可能是對同年齡層的士兵感興趣吧？亦或是知道西茲少爺興趣缺缺？或者是兩者都有。

軍人很注重她的問題並說（我想～應該是他自己想說才把我們叫過來吧）。

「問得好啊，小妹妹——首先，得從將新鮮的他們抓來這裡開始說起呢。」

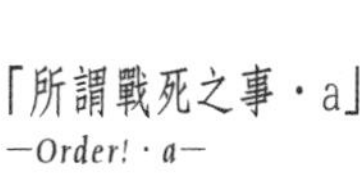
「所謂戰死之事・a」
—Order!・a—

他的語氣好像在養魚。

「當草原地帶有敵國的開採資源村，那兒大多會有許多小孩。因為那些傢伙為了在那裡生活，就動用全家的力量建立村落。那種地方一旦順利攻下，我們就當場把小孩的父母與大人全殺光，把十歲以下又健康的小孩帶走。」

這些話他說得很輕鬆，但所做所為卻相當狠毒。順便一提，他口中的敵國就是我們之前造訪的國家。我們曾聽說那國家正在進行他說的資源開採作業。

「然後，把他們培訓成少年兵。不過——這在以前似乎是非常非常辛苦的事情！有必要對他們嚴刑拷打跟進行洗腦，因此我方也需要相當大的勞力。而且也有很多少年在進行那種『教育』的過程中喪命。不過，活捉孩子們的父母並讓他們死在自己孩子手上的方法，似乎也很有效哦。」

軍人喝一口茶潤潤喉，然後用爽朗的笑容說：

「但多虧四十年前開發了很棒的藥物，讓我們不用再那麼辛苦！那是能夠消除過去的記憶，植入虛假記憶的藥！」

我跟西茲少爺當然沒說「天哪～那真的很了不起」，於是軍人開心地繼續說下去，蒂跟西茲少爺則仍舊不發一語地聽他說。

「只要注射那種藥，就能夠把他們過去的生活——親生父母的事情、出身國家的風俗習慣、不能傷害別人的教誨等等，全都能消除掉。然後，可以植入『為了保護自己生長的國家而用來戰鬥，毫無恐懼感的無敵士兵』這種全新的記憶。」

是嗎？

「於是，了不起的少年兵誕生了！他們完全沒有恐懼感、抗拒心及猜疑心，只要自己的長官下令『突擊！』，不管什麼對手攻過來都會展開突擊行動。若是下令『把地雷區清乾淨！』，就會有幾個人在地雷區往返，利用自己踩地雷的方式清除地雷。之後再把正規部隊送過去，這樣就能降低我軍的耗損率！」

那是因為你們沒把少年兵的耗損算進去，當然是降低囉。

「透過有效利用他們，就能夠繼續有利於我軍的戰爭。他們對我軍來說是不可或缺，也是很重要的存在。」

軍人演講完畢。

「對妳有參考價值嗎？小妹妹。」

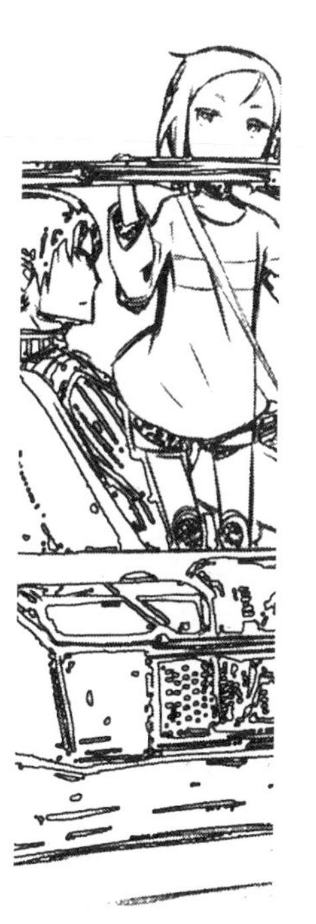

「所謂戰死之事・a」
—Order!・a—

然後那麼問蒂。他並沒有問西茲少耶，不過，看也知道西茲少爺不太想被問。

「有。」

蒂回答他，然後——

「那種藥要多久才會失效？」

問了這樣的問題。

我常這麼想，蒂的想法跟我、西茲少爺及普通人的想法有一點……不，是差很多。她的發言內容總是讓人捉摸不定。

軍人一瞬間訝異地目瞪口呆，接著一陣大笑之後——

「小妹妹妳的想法真獨特耶！我還是第一次遇到有人問這種問題哦！那我回答妳，理論上那種藥大概要到十五年至二十年才會失效哦。不過，經過那些年，新記憶會把老舊記憶刷掉，更重要的是——」

少年兵們不可能存活那麼久的時間。

「少年兵們不可能存活那麼久的時間，因此實際上一點問題也沒有哦。」

「原來如此，這樣啊，我非常明白了。」

今天的蒂難得講好多話。什麼「這樣啊」，還有「我非常明白了」，完全不懂她在說什麼。

這時候一直沉默不語的西茲少爺，留下一點點茶沒喝完——

「謝謝你告訴我們這些故事，我們就此告辭了。」

他如此說道並準備站起來。

西茲少爺對請他「要不要再喝一杯？」的軍人表示婉拒。

「倒是，差不多了吧？」

但聽到蒂的發言卻停下動作。

那不是對西茲少爺說的，而是針對坐在桌子對面穿軍服的男子說的。

差不多？

我跟西茲少爺，以及軍人都不知道蒂到底在說什麼？

被詢問的對象問：

「什麼差不多呢，小妹妹？」

「差不多了。」

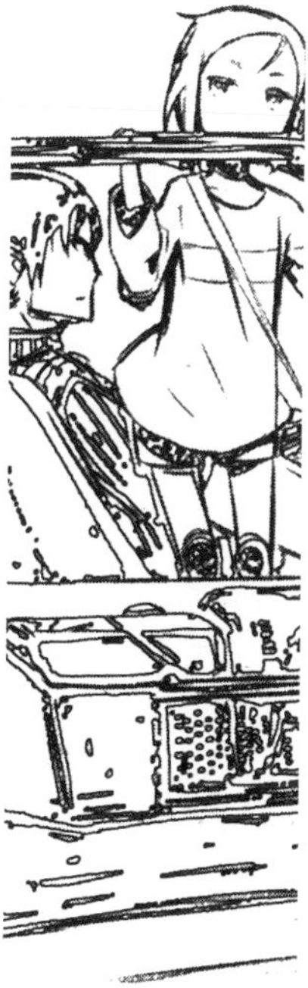

「所謂戰死之事・a」
—Order!・a—

「咦？什麼啊？」

「你應該是差不多了。」

「…………旅行者，這位小妹妹說的話，是不是有點不尋常？」

不不不，是相當不尋常。

但我不可能回答，所以就沉默不語。

原本預備起身的西茲少爺又坐回原位，並用冷靜的語氣說：

「這孩子有與眾不同的觀點，有時候，會說出讓人感到奇妙的話。如果惹惱你的話，就由我向你道歉。」

「不，我並沒有生氣。」

軍人露出真的沒生氣的樣子，笑咪咪地說道。

「只是覺得，這孩子真不可思議呢。」

然後軍人，凝視著蒂至今仍盯著自己看的那雙翡翠綠眼睛。

「是不是『差不多』快發生什麼事情？如果可以說出來，希望能告訴我呢。」

軍人如此問道。

當我認為「蒂應該不會回答這種問題吧」而幾乎快放棄的時候——

「眼神一樣。」

咦？

「是嗎？我跟誰的眼神一樣呢？」

「跟大家。」

「大家？妳所謂的『大家』說的是？好了小妹妹，請告訴我這個軍人，我的眼神跟哪些大家一樣呢？」

「…………」

蒂停頓了二秒左右，以平常的蒂來說，這沉默格外短暫。

然後她說話了。

說了對她而言，奇蹟般冗長的話。

「跟這附近那些少年兵一樣。你的眼睛，跟他們一樣。你還記得嗎？還記得以前的事情嗎？記得清清楚楚嗎？真的記得嗎？怎麼樣？以前的你，是什麼樣的小孩？還記得嗎？真的記得嗎？」

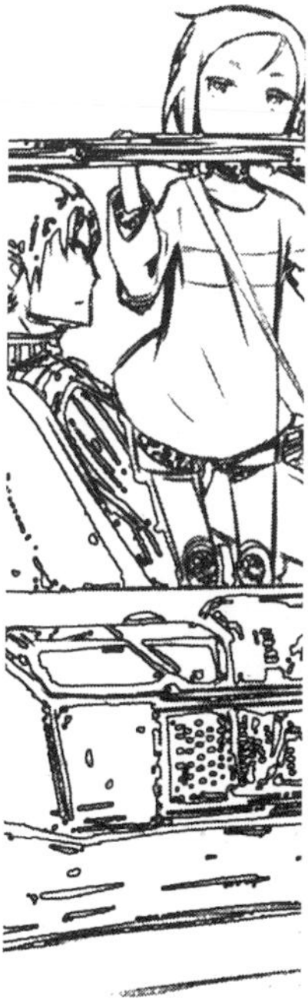

那簡直像是惡魔的咒語。

被她這麼一說的軍人，像冰一樣地僵住三秒鐘左右。

他吸了好長好長一口氣，大約是兩秒鐘。

「咦？因為我自己——我——我——」

然後花了四秒鐘的時間那麼說，最後——

「呀啊啊啊啊啊啊啊啊啊啊啊啊啊啊啊啊啊啊啊啊啊啊啊啊啊啊啊啊啊啊啊啊啊啊啊啊！」

那名男子慘叫了。

「商品清單」
—Preface—

前菜・蔬菜

年幼的奇諾在森林適當摘取的蔬菜沙拉

狂野地吃野生食材……好愛……

在師父的農田採收的蔬菜加義式香蒜鯷魚溫沾醬

一杯份的輕卡車加上汽油桶裝的沾醬。真是太豪邁了！

在「船之國」捕的魚作成的義式生魚片

魚的種類會每天變換……但是那很好！

蒂最愛的攜帶糧食

接下來才是專精的關鍵！吃了這個有許多人回購呢……

牛肉條

說到旅行者吃的肉就是這個！一咬下去，你看……整個景色豁然開朗……

肉類料理

奇諾獵到的兔肉燉湯（附維他命錠）

只有肉，這真的……好吃……

老婆婆機器人偶特製的蒸蔬菜雞肉佐橄欖油

我是機器人……主人請享用……

象肉排

把早上用火箭砲擺平的新鮮象肉做生食料理……

鯨肉排

把早上用火箭砲擺平的新鮮鯨魚肉做生食料理……

馬鈴薯、洋蔥炒香腸

完全重現奇諾的味道……呃——……要吃嗎？真的要吃嗎？

火腿排佐藍莓醬

簡直是師父的味道！至於讓奇諾料理的理由，就在、這裡……

魚類料理

西茲好不容易釣到的麥年式煎魚

釣到的話就要吃呢……跟陸一起對分吃！

（今天沒有進貨）

火鍋料理

燉野草

本店的野草，充分使用生長在低地的野草……

咖哩濃湯通心粉

野外料理的精髓就在這裡！獻給在寒夜的你……

麵包

吐司

抹上滿滿的特製奶油……不能塗在頭髮上哦？

可頌麵包&橘子醬

挖出瓶子裡的橘子醬。用湯匙抹上厚厚一層，然後享用。

果醬麵包

媽媽與托特包附的滿滿草莓果醬！愛情也滿滿！

飲料

茶

奇諾常在喝……這就是旅行的味道……！

卡布奇諾

可以做出喜歡的拉花圖案。你喜歡的圖案是什麼呢？

魚腥草茶

對了，裡面沒有毒哦？（註：魚腥草的日文是ドクダミ，前兩個字母的發音跟毒＝どく是一樣的）

甜點

超大份量鮮奶油的特製泡芙

趁為了保護動物而無法吃的時候……要吃盡快！

挫冰　宇治金時口味

充滿夏日回憶……因為跟最愛的那個人一起吃的……

二〇一一年十月　時雨沢惠一

大家好，我是黑星。
啊，這是我不知不覺中畫出來的，完全沒考慮到有些讀者是從後記先看……
怎麼辦……呃——
這是我女兒。
……騙你們的啦。
KURO-K

國家圖書館出版品預行編目資料

奇諾の旅：the beautiful world / 時雨沢惠一作
；莊湘萍譯. -- 初版. -- 臺北市：臺灣國際角川,
2008.04-

冊；　公分. -- (Kadokawa fantastic novels)
譯自：キノの旅：the beautiful world
ISBN 978-986-174-642-5(第11冊：平裝). --
ISBN 978-986-237-258-6(第12冊：平裝). --
ISBN 978-986-237-579-2(第13冊：平裝). --
ISBN 978-986-287-116-4(第14冊：平裝). --
ISBN 978-986-287-754-8(第15冊：平裝)

861.57　　97004532

奇諾の旅 XV
－the Beautiful World－

（原著名：キノの旅XV －the Beautiful World－）

2012年6月13日　初版第1刷發行
2023年5月10日　初版第4刷發行

作　者：時雨沢惠一
插　畫：黑星紅白
日版設計：鎌部善彦
譯　者：莊湘萍

發行人：岩崎剛人
總編輯：蔡佩芬
編　輯：黎夢萍
美術設計：宋芳茹
印　務：李明修（主任）、張加恩（主任）、張凱棋

發行所：台灣角川股份有限公司
地　址：104台北市中山區松江路223號3樓
電　話：（02）2515-3000
傳　真：（02）2515-0033
網　址：www.kadokawa.com.tw
劃撥帳戶：台灣角川股份有限公司
劃撥帳號：19487412
法律顧問：有澤法律事務所
製　版：巨茂科技印刷有限公司
ISBN：978-986-287-754-8